AF200545

Spannende *Horror* Kurzgeschichten

BoD - Books on Demand

Norderstedt, Germany 2019

Bibliografische Information durch die Deutsche Nationalbibliothek

Die Deutsche Nationalbibliothek verzeichnet diese Publikation in der Deutschen Nationalbibliografie; detaillierte bibliografische Daten sind im Internet über http://dnb.dnb.de abrufbar.

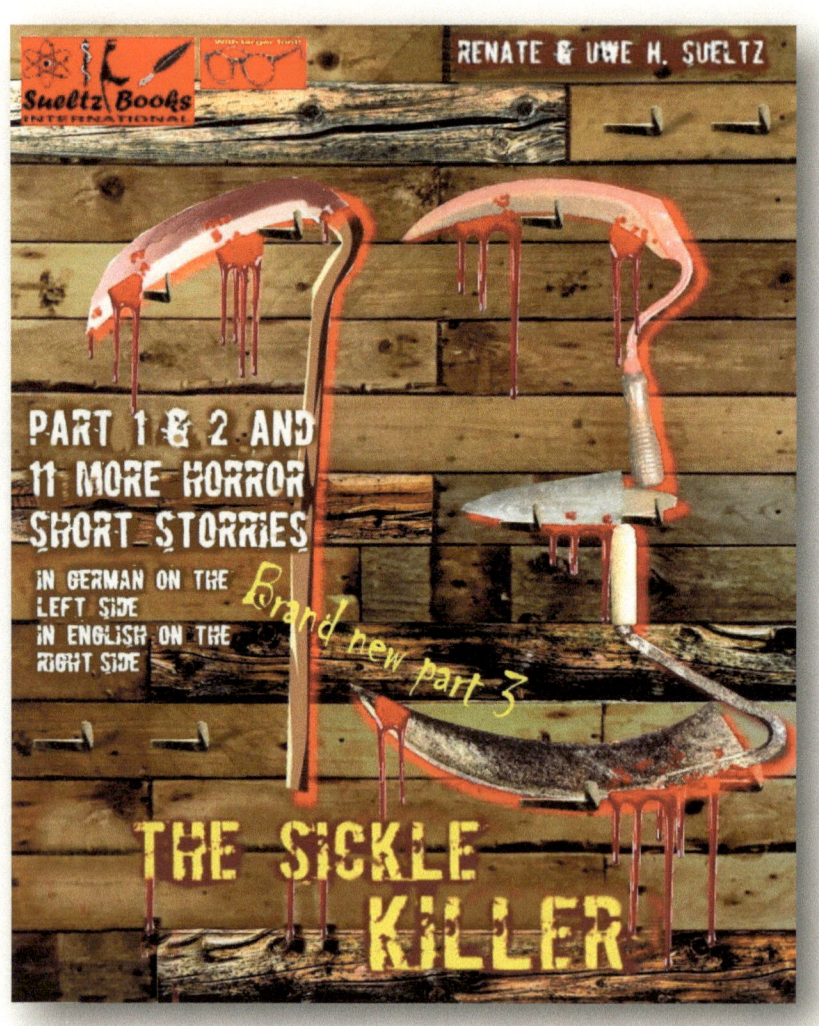

Herstellung und Verlag: BoD – Books on Demand, Norderstedt, Germany

ISBN 9-78374-9-49894-9

INHALT:

DER SICHELMÖRDER

Es war das Jahr 1896 in London …

Unheimliche Nebelschwaden legten sich über die Stadt. Es trieben sich unzählige zwielichtige Gestalten in der Stadt herum. Elektrische Laternenbeleuchtung gab es noch nicht. Straßen und sogar kleinere Nebenstraßen waren mit dickem Kopfsteinpflaster überzogen. Schritte im Dunkeln konnte man sehr deutlich hören. Bei diesem dicken Nebel war es gruselig in der Nacht.

An einem Freitagabend gegen 21 Uhr, es war wie gesagt kalt und neblig, hielt eine Kutsche genau vor dem Pub von Andree Stone. Ein hagerer Mensch, ganz in Schwarz gekleidet, stieg aus dem Pferdewagen. Er bewegte sich langsam, es war unheimlich anzusehen.

Andree Stone, der Wirt, war ein biederer, alter Mann, der die letzten Jahre in seiner beliebten Bierstube verbringen wollte. So konnte er sich noch ein paar Pfund Sterling verdienen, um die Unkosten des Pubs begleichen zu können. Er rechnete nicht damit, dass um diese Zeit noch ein Gast kam. Heftig pochte dieser an die Scheibe des kleinen Fensters. Wortlos öffnete der Wirt die Tür und deutete mit einer Handbewegung an, dass eingetreten werden kann. Auch dieser suspekt wirkende Herr sprach nicht.

Die schwarze Kleidung und der schwarze Hut, der weit ins Gesicht hing, machte Andree Stone Angst. Außerdem trug der Herr einen schwarzen Koffer mit sich, den er fest in seiner linken Hand hielt. Um Mitternacht war der Pub immer noch durch die zahlreichen Gaslaternen hell beleuchtet. Irgendwann muss der in Schwarz gekleidete Herr den Pub wieder verlassen haben. Niemand hat ihn gesehen … niemand weiß, was sich im Pub abgespielt hat.

Gegen Morgen des folgenden Tages brachte der Zeitungsbote die Daily Mail in den Pub. Der Bote klopfte wie immer an die Tür. Stone rief aber nicht „komm' herein in die gute Stube". Vorsichtig öffnete der Bote die Tür zum Pub. „Herr Stone! Ihre Daily Mail ist hier!", rief er. An der Theke angekommen bemerkte er, dass er in irgendetwas Glitschiges getreten hatte. Der Bote blickte auf den Boden und erschrak. Andree Stone lag in seinem Blut. Der Kopf, Arme und Beine lagen abgetrennt neben dem Torso. Das Blut war komplett aus seinem Körper gelaufen und bildete eine entsprechend große Blutlache.

Von der Polizeiwache, 26 Old Jewry, kam der Beamte Jack Harris in den Pub. Jack Harris drehte sich mit einem verzerrten Gesicht um, als er den Toten sah. Sein Mageninhalt drohte sich selbstständig zu machen. So etwas Grausames hatte er in seiner gesamten Laufzeit als Kripobeamter nicht gesehen.

In einer exakt gerade geschnittenen Linie wurden dem Pub-Besitzer der Kopf und die übrigen Gliedmaßen abgetrennt.

In den darauf folgenden Monaten wurden noch viele Morde gemeldet, die diesem Mord gleich kamen. Immer wieder fanden Kommissar Harris und seine Kollegen zerstückelte Leichen. Es gab aber kein Muster.

Niemand wusste, wer das nächste Opfer werden würde. Es traf sogar den armen Daily Mail-Boten. In einer Nebengasse suchte sich sein Blut in den Fugen des Kopfsteinpflasters einen Weg zum Abwasserkanal. Eine Prostituierte ist diesem unheimlichen Mörder ebenfalls zum Opfer gefallen. Ihr nächster Freier bekam einen Nervenzusammenbruch, als er Arme und Beine in der Wohnung verteilt liegen sah. Das Bett der Prostituierten war Blutrot gefärbt … die Matratze völlig durchnässt. Und in einem Fall wurde der Mord entdeckt, weil durch den Holzboden Blut in die darunterliegende Wohnung tropfte. Der getötete war ein Apotheker. Wie gesagt, es ließ sich kein Zusammenhang herstellen.

Kommissar Harris setzte sich mit seinen Kollegen an einen Tisch. Die Ratlosigkeit in ihren Gesichtern sprach Bände. Der Täter hinterließ in keinem der Mordfälle eine Signatur. Lediglich ahnten sie, dass es sich bei der Mordwaffe um etwas Größeres als um ein Messer handeln musste.

Arme und Beine mussten mit einem Hieb abgetrennt worden sein, so sauber war der Schnitt. Man einigte sich auf die Akte „Sichel-Mörder". Irgendwann legte man diese Mordfälle vorläufig zu den Akten. Vergessen wurden sie natürlich nicht.

London 1991 …

Eine Sichel war es in der Tat. Die Sichel war goldfarben und hatte einen blutroten Griff. Steven Miller bekam sie von seinem verstorbenen Großvater geschenkt. Er brachte die Sichel aus Bosten, USA, mit nach Großbritanien. Damals sagte er zu ihm: "Mein Junge, diese Sichel ist etwas Besonderes. Wenn du sie sorgfältig behandelst, wird sie dir Glück bringen. Solltest du sie aber vergessen und nicht mehr wissen, dass sie in deinem Besitz ist, wirst du das Unheil kennenlernen. Deine Seele verändert sich und du bist nicht mehr der, der du mal warst." Steven konnte nicht glauben, was der Großvater da von sich gab. Die Sichel war aber so faszinierend schön, dass gleichzeitig etwas Magisches, aber auch etwas Grausames von ihr ausging. In einem mit rotem Samt ausgelegten Koffer überreichte der Großvater Steven die Sichel. Tatsächlich vergaß der junge Mann im Laufe der Zeit, dass er sie besaß.

Doch eines Tages erinnerte er sich wieder an die Sichel. Er begab sich auf den Speicher seines Hauses und dachte an seinen Großvater.

Er erinnerte sich wieder an die Worte seines Großvaters. Vorsichtig nahm er sie aus dem Koffer und versuchte den alten Glanz wieder herzustellen, den die Sichel einst besaß. Doch es ging nicht mehr. Sie blieb stumpf und rostig. Doch noch etwas anderes fiel Steven auf. Er merkte, dass mit ihm etwas geschah. In seinem Körper ging etwas vor sich, dass ihm gar nicht gefiel. Einige Minuten später befand er sich plötzlich nicht mehr in seiner modernen Londoner Wohnung im Jahr 1995, sondern im 19. Jahrhundert.

Jetzt lebte er in einer ärmlich eingerichteten Stube, die sich über einem Krämerladen befand. Sein verschlissener, schwarzer Mantel hing ordentlich an der Zimmertür. Steven war immer wieder von oben bis unten mit Blut beschmiert, doch er schlief tief und fest. Als er erwachte, wurde ihm klar, dass er sich wieder in den Fängen dieser grausamen Sichel befand. Es wurde ihm übel, auch sein schwaches Herz machte nicht mehr lange mit. Was hatte er nur jetzt wieder getan? Jedes Bemühen, sich aus diesem Horrortraum zu befreien schlug fehl. Der junge Mann konnte nicht wieder gut machen, was er getan hatte. Seine moderne Londoner Wohnung ließ ihn zeitweise auf andere Gedanken kommen. Der Koffer mit der Sichel stand im Flur. Immer deutlicher wurde ihm klar, dass er sich in den Armen eines Dämons befand.

Ein Entkommen war nicht möglich. Das war er doch nicht er, der da mordete ... nein, das war er wirklich nicht. Es war die Sichel ... war es der Geist der Sichel? Kaum das sich Steven etwas von seiner letzten Tat erholen konnte, fing alles wieder von vorne an. Innerhalb weniger Sekunden befand er sich immer wieder im nebeligen London des 19. Jahrhunderts wieder. Er trug diesen langen, schwarzen Mantel. Die Krempe seines Hutes verdeckte sein komplettes Gesicht. Wie von Geisterhand gesteuert, öffnete er die Tür seines Zimmers und ging leise die Treppe hinunter. Seine Vermieterin sollte nichts merken. Er verschonte sie sogar. Wieder mordete er in vielen unheimlichen Nächten. Er zerstückelte seine Opfer immer wieder. Niemals hinterließ er eine Signatur.

Im Jahr 1896 ...

In einer Nacht aber streikte sein krankes Herz. Man fand Steven Miller tot neben seinem Opfer liegen. Kommissar Jack Harris fand die Toten. Die ungelösten Mordfälle hatten sich nun endlich von alleine gelöst. Vorsichtig wurde die Horrorsichel verpackt und dem hiesigen Metropolitan Police Crime Museum übergeben. Hin und wieder wurde die Sichel auch in anderen Museen ausgestellt.

JEDOCH WUSSTE NIEMAND, WELCHE DÄMONISCHEN KRÄFTE IN DIESER SICHEL STECKTEN.

Eine andere Zeit – aber der gleiche **HORROR:**

New Scotland Yard - Metropolitan Police Crime Museum – 1967

Ein Umzug in größere Räume stand an. Das sogenannte Schwarze Museum beinhaltete viele Mordinstrumente, die von jedem Polizisten angesehn werden konnte. Verantwortlich für den Umzug war Polizist Jack Gordon. Als er die Sichel mit dem blutroten Griff nehmen wollte, löste diese sich aus der Verankerung und durchtrennte den Daumen von der Hand Gordons. Dieser Augenblick reichte aus, dass die Sichel das Böse zu Gordon übertrug. Er schrie nicht vor Schmerzen. Jack Gordon nahm die Sichel mit der anderen Hand und legte sie in seinen Aktenkoffer. Der Daumen verblieb im Glaskasten. Mit einem Taschentuch stillte er die Blutung. Er verlor sehr viel Blut. Mit letzter Kraft warf er den Aktenkoffer am Themse Weg in den Fluss. Er schaffte es noch bis in die Kirche „St. Edmund Church". Danach brach der Polizist zusammen und starb. Untersuchungen des Blutes im Daumen und im Körper ergaben, dass das Blut schwarz war und ohne Sauerstoff.

Boston, Massachusetts, 1981

Linda Evans spielte am Strand in der Nähe des Yacht Clubs in Boston. Ihre Eltern Ben und Liv Evans verhandelten gerade mit dem Besitzer des Yacht Clubs über einen Wochenendausflug mit einer Motoryacht. Das Geschäft wurde besiegelt. „Linda! Kommst du bitte! Wir wollen fahren!", rief Vater Ben. „Dad, schau einmal, was ich gefunden habe!", rief Linda. Ben und Liv staunten nicht schlecht, denn ihre Tochter fand einen verschlossenen Aktenkoffer. „Na, wenn das das große Los ist, dann brauchen wir die Yacht nicht zu mieten, dann kaufen wir sie gleich.", flachste Ben. „Glaubst du wirklich, da sind Dollar im Koffer?", fragte Liv. „Ich weiß es nicht. Wir nehmen den Koffer erst einmal mit. Er muss zuerst trocknen.", antwortete Ben. Fröhlich fuhr die Familie zuerst zu McDonnalds, dann ging es nach Hause. Sie wohnten in Westminster, Massachusetts. Das Haus lag mitten im Wald. Liv liebte ihren Kräutergarten. Ben seinen alten Mustang, an dem er jede freie Minute arbeitete. „Was war eigentlich im Aktenkoffer?", fragte Liv ihren Ehemann. „Oh, gut, dass du fragst. Ich weiß es nicht. Wir schauen zusammen hinein."

Der Aktenkoffer lag nun bereits eine Woche im Auto. Sie brachen das Schloss auf und fanden eine stark verrostete Sichel. „Na, das war wohl nichts mit der Million Dollar.", sagte Ben ganz enttäuscht. „Macht nichts. Ich kann die Sichel gut für meinen Kräutergarten gebrauchen. Restaurierst du sie mir?" „Eine neue Sichel wäre günstiger." „Ach nein, dieser Fund erinnert mich immer an den herrlichen Ausflug."

Ben legte die Sichel in das Gartenhaus. Hier waren Werkzeuge und Ersatzteile für den Mustang gelagert. Wochen später wollte Ben die Sichel auf Hochglanz bringen. Irgendwie gelang es ihm aber nicht. Kaum glänzte sie, war sie am nächsten Tag wieder matt. Wütend warf er sie in die Ecke. Die Sichel prallte von der Wand ab und traf Liv am Oberschenkel. Liv wollte ihren Ehemann mit einer Limo überraschen. Ben zog die Sichel aus dem Bein und verband die Wunde notdürftig. Sofort fuhr die Familie ins Heywood Hospital. Liv wurde behandelt. Erleichtert kehrten sie im Westminster Cafe ein.

Tage Später nahm Liv den Verband ab. Sie und ihr Ehemann erschraken, denn um die Verletzung herum verfärbte sich die Haut schwarz. Ben rannte wütend zum Gartenhaus. Er nahm die Sichel und schlug mit einem Hammer auf sie. Wieder fuhren sie ins Hospital. Liv musste nun stationär behandelt werden. Ben und seine Tochter fuhren zurück. Erschöpft legte sich Ben in die Hängematte auf die Terasse.

Linda spielte im Garten. Sie kam dem Gartenhaus immer näher. Nun waren es wenige Meter bis zur Tür. „Ich spiele jetzt verstecken mit meiner Puppe!", rief sie. Vater Ben war eingeschlafen. „Suche mich doch! Wo bin ich?" Linda versteckte sich im Gartenhaus.

Es blitze eine funkelnde Sichel auf. „Oh, die ist aber schön. Dad hat sie bestimmt für Mum poliert. Ich bringe sie ihm." Linda rannte mit der Sichel zu ihrem schlafenden Vater. Auf den Stufen kam sie ins Straucheln. Mit voller Wucht traf die Sichel ihren Dad mitten ins Herz. Er war sofort tot. Linda stürzte gegen einen Holzbalken, ihr Genick war gebrochen. Sie starb nur Minuten später. Ben blutete stark. Das Blut tropfte auf die Terasse. Es verfärbte sich schwarz. Im Hospital kämpften die Ärzte mit einer Blutvergiftung bei Liv. Sie verloren den Kampf, Liv starb.

Die Erben boten das Haus zum Kauf an. Zwei Brüder, Jack und Bill Miller, kauften das Haus. Bills Ehe war gescheitert. Seine Ex-Frau nahm sich vor Jahren das Leben. Als sie in das Manhattan Psychiatric Center eingeliedert wurde, schrie sie immer noch, dass die ganze Familie sterben würde. Olivia litt schon lange unter Wahnvorstellungen. Bills und Olivias gemeinsamer Sohn zog bereits früh aus dem Elternhaus. Er studierte in New York, heiratete eine gute Frau und sie bekamen einen Sohn ... Steven ... Steven Miller. Erst nach Olivias Tod wurde festgestellt, dass Olivias krankheit erblich bedingt ist. Nachfahren können ebenfalls daran erkranken.

Jack und Bill richteten das neu erworbene Haus ein. Jack, der nie verheiratet war, kümmerte sich mehr um den Garten.

„Hier war wohl einmal ein Kräutergarten. Den werde ich wieder neu anlegen. Es lag sogar eine Sichel im Schuppen.", sagte er zu seinem Bruder. Sein Bruder Bill erfreute sich über herrliche Ölgemälde, aber auch darüber, dass Jack Kräuter pflanzen wolle. Bill kocht für sein Leben gern und dazu kann er Kräuter gut verwenden. „Ich nahm immer eine Schere zum abschneiden der Kräuter.", schlug Bill vor.

Die Zeit verging. Alles schien zur besten Zufriedenheit. Eines Tages kam Jack mit einer Schnittwunde ins Haus. An der linken Hand hing der Daumen in Fetzen an der Hand. In der rechten Hand hatte er blutverschmierte Kräuter. „Hier habe ich frische Kräuter, Bill." „Jack!", schrie Bill auf, „was ist passiert?" „Ach, das wird schon wieder.", nuschelte Jack. Sofort fuhren sie ins Heywood Hospital. Der Daumen konnte nicht gerettet werden. Er war schon schwarz und ohne Leben.

Mit der Zeit veränderte sich Jack. Jeden Tag sah Bill aus dem Fenster. Jack war im Garten und schlug mit der Sichel wild um sich. Es schien so, als würde sein Bruder in einer anderen Welt leben.

Eines Tages besuchte der Sheriff die Brüder. „Mein Name ist Cobb, John Cobb. Ich bin Sheriff hier in Westminster. Vor zwei Tagen ist vor unserer Kirche eine tote Frau abgelegt worden. Sie beide wohnen zwar außerhalb des Tatortes, aber ich muss trotzdem nachfragen. Ich vermute, dass der oder die Täter die Frau an einem anderen Ort getötet haben. Die Autobahnabfahrt nach Westminster ist ganz in der Nähe. Haben sie etwas gesehen?" „Nein, ich war mit meinem Bruder auf unserem Grundstück. Hierher verirrt sich niemand. Wurde die Frau vergewalltigt? Wie sieht sie aus?", fragte Bill. „Das wollen sie bestimmt nicht wissen. Ihr Anblick war grauenvoll. Wenn sie beide mir noch Hinweise geben können, hier ist meine Karte."

Tage später fuhr Bill zum Einkauf. Hierbei erfuhr er, dass die Frau 35 Jahre alt gewesen ist. Ihr wurden Arme und Beine abgetrennt. Alles war in einem Müllbeutel zu finden. Messerscharf wurden die Gliedmaßen abgetrennt.

„Wir haben es schon einmal mit einem Kettensägen-Mörder zu tun gehabt. Die Abtrennungen waren durch die Kettensäge zerfezt. Bei der Frau sah es aber so aus, als wäre eine Sense oder ein großes scharfes Messer im Spiel.", sagte der Verkäufer. „Oder es war eine Machete?", ergänzte ein Kunde. „Vielleicht eine Sichel?", fragte Bill. „Eher nicht, da muss man weit ausholen und braucht viel Kraft.", erwiderte der Verkäufer.

Bill kam zum Haus zurück. Jacks alter Ford stand nicht in der Garage. Er trug den Einkauf ins Haus und begann mit der Vorbereitung der Steaks. Jack kam zurück. Schnell verschwand er im Bad. „Jack! Ist alles in Ordnung?" Als Jack aus dem Bad kam, schien alles gut zu sein. Beide genossen die leckeren Steaks. Am Nachmittag pflegte Jack seinen Kräutergarten, während Bill das Haus säuberte. Im Bad ist ihm ein blutverschmiertes Handtuch aufgefallen. Ohne Bedenken steckte er es zur Schmutzwäsche.

Drei Tage später war der Geburtstag von Bill. Er lud seinen Bruder ins Cafe ein. Beide bestellten Omelett mit Speck. „Habt ihr schon vom neuen Mord gehört?", fragte die nette Serviererin. „Nein! Ist schon wieder etwas passiert?", fragte Bill erschrocken. „Im Dunn State Park ist ein älterer Mann tot und verstückelt aufgefunden worden. Er wohnte in Gardner. Teile seines Körpers trieben im Wasser. Ein Bein fehlt der Polizei noch. Wieder sind die Gliedmaßen messerscharf abgetrennt worden. Jetzt sogar der Kopf." „Gut, dass wir das Omelett schon gegessen haben. Da wird mir ganz übel. Bringe uns noch einen Whiskey.", sagte Bill. Trotzdem ließen sich die Brüder Bills Geburtstag nicht verderben. Abends gab es dann noch einen herrlichen Geburtstagsbraten. Bill fiel dabei auf, dass Jack den Braten vorzüglich und perfekt in Scheiben geschnitten hatte.

Irgendwie musste er an die Morde rund um den Ort Westminster denken. Wie messerscharf doch die Gliedmaßen von den Körpern abgetrennt worden sind. Bill schüttelte sich und dachte „male dir das nicht weiter aus".

Eines Tages fuhr Jack zum Einkaufen. Zu spät bemerkte Bill, dass wichtige Zutaten fehlten um für das Wochenende gut versorgt zu sein. Jack war schon Stunden unterwegs. Bill stieg in seinen Buick und fuhr zum Vincent's Country Store. „Hat mein Bruder alles eingekauft?" „Dein Bruder war nicht bei uns, zumindest heute nicht.", anwortete der Verkäufer. Das war für Bill eigenartig, denn auf der Fahrt zum Store sah er ihn auch nicht. Nun gut, Bill suchte sich Öl, Salz und Pfeffer und stieg wieder in sein Auto. Er fuhr die Leominster Straße entlang, als ihm an der Kreuzung zum Friedhof Jack mit seinem Ford entgegen kam. Links ging es zur Autobahn, rechts nach Hause und geradeaus zum Friedhof eben. Was wollte Jack dort? Jack sah Bill nicht. Nun fuhr Bill langsam auf der Narrows Road den Friedhof entlang bis zur East Road. Dann drehte er und fuhr zurück. Am Fridhof angekommen, sah er schon den Sheriff aus dem Wagen steigen. Eine Fridhofbesucherin fuchtelte aufgeregt mit den Armen und zeigte auf ein Grab.   Bill stieg aus seinem Wagen aus. Er folgte dem Sheriff. Der Sheriff blieb wortlos an einem Grab stehen.

Noch 15 Meter, dann war auch Bill am Grab. Noch 8 Meter … noch 5 Meter … Bill musste sich übergeben. Vor einem Grabstein wurden Arme und Beine aufgestapelt. Auf dem Grabstein lag der Rest des Körpers. Das Blut floss am Grabstein herunter. „Was suchen sie hier?", fragte der Sheriff erbost. „Nichts, nichts, wirklich nichts.", stotterte Bill. Bill rannte zu seinem Auto zurück. Mit durchdrehenden Reifen fuhr er nach Hause. Sofort suchte Bill seinen Bruder. Im Haus war er nicht. Bill rannte zum Gartenhaus. Er stieß die Tür auf und sah Jack, wie er die Sichel putzte. „Wo warst du, Jack!", schrie Bill seinen Bruder an. „Ich, ich, ich weiß es nicht, Bill. Bill, irgendetwas stimmt mit mir nicht. Bitte hilf mir.", schluchzte Jack und legte die Sichel behutsam in eine Schatulle. Das ganze Wochenende redeten die Brüder miteinander. Ein Resultat gab es nicht.
Montags kam der Sheriff vorbei. Er wollte genau wissen, wo sich die Brüder am Tattag auf dem Friedhof gewesen sind. „Ich war im Vincent's Country Store. Der Verkäufer ist mein Zeuge.

Ganz in Gedanken bin ich an der Kreuzung nicht links abgebogen, sondern geradeaus zum Friedhof gefahren." „Warum waren sie in Gedanken?", fragte der Sheriff. „Meinem Bruder ging es nicht gut … das Herz.", log Bill. Der Sheriff glaubte Bill und verließ das Haus. „Jack, hast du mir wirklich nichts zu sagen?", wollte Bill unbedingt wissen. Von Jack kam keine Regung.

Zeit verging …

Jack pflegte seinen Kräutergarten und Bill kümmerte sich um das Haus. Immer wieder sah Bill, wie Jack wild mit der Sichel um sich schlug. Dann ging er aber auch wieder ganz behutsam mit der Sichel um, zumindest dann, wenn Jack Kräuter abschnitt.

Eines Nachts bemerkte Bill, wie Jack noch einmal das Haus verließ. Er lief zum Gartenhaus und holte seine Sichel. Dann lief er über das eigene Grundstück um zum Nachbarhaus zu gelangen. Bill zog sich schnell seine Schuhe an und lief Jack im Pyjama nach. Am Nachbarhaus angekommen, bemerkte Bill gleich das zerbrochene Glas an der Hintertür. Auf dem Boden lag regungslos der Nachbar Henry Jonas. Jack holte weit aus mit der Sichel. Bill warf sich ihm entgegen und hielt seinen Arm mit aller Kraft fest. Dabei verletzte sich Bill am Arm. Die Sichel rizte eine 15 Zentimeter lange Wunde ein. Beide fielen zu Boden. „Was, was mache ich hier?", rief Jack seinem Bruder zu. „Kannst du dich etwa an nichts erinnern?", stellte Bill eine Gegenfrage. „Nein, Bill, wirklich nicht.", antwortete Jack. Beide beseitigten alle Spuren. Henry Jonas Verletzung am Kopf wurde versorgt. „Hat dich Henry gesehen?" „Nein, er kam in den Raum, nachdem er das Glas brechen hörte. Danach schlug ich ihn nieder. Ab jetzt weiß ich von nichts mehr."

Bill schickte Jack zurück zum Haus. Er wartete bis Henry aufwachte. „Was ist los? Ich habe ja vielleicht einen dicken Schädel." „Henry, da hat dich wohl ein Einbrecher besucht. Erinerst du dich an etwas?" „Nein, an nichts. Morgen fahre ich zum Sheriff. Danke für deine Rettung und Hilfe. Wie geht es deinem Bruder?" „Ach, der war noch unterwegs."

Jetzt stand für Bill fest, sein Bruder war für die Morde verantwortlich. Für Bill war Jack sehr krank. Seine tiefe Wunde heilte eigenartiger Weise von ganz allein.

Die Brüder passten nun sehr aufeinander auf. Und doch kam der Tag, als etwas furchtbares passierte.
Bill hörte Jack wie in Trance sagen: „Ja, du rufst mich. Ich gehorche. Was darf ich für dich tun?" Bill schreckte auf und wollte seinen Bruder zurückhalten. Er stürtzte über den Teppich, schlug mit dem Kopf auf den Tisch und blieb bewusstlos liegen. In Trance nahm Jack die Sichel, zog seinen schwarzen Trechcoat über und stieg in seinen Ford. Er fuhr in Richtung Gardner. Auf dem East Broadway begann der Horror. Vor dem ersten Rstaurant parkte er den Ford direkt vor der Tür und ging gezielt in den Gastraum. Die Sichel hielt er unter dem Trenchcoat in Brusthöhe verdeckt. „Guten Abend der Herr. Darf ich sie zu einem freien Tisch begleiten?", fragte der Kellner. Wortlos machte Jack eine Handbewegung, der Kellner solle vorangehen.

In der Mitte des Gastraumes zückte Jack blitzschnell die Sichel und schlug mit der Sichel auf den Kellner ein. Sein Kopf fiel zu Boden. Das Blut spritzte aus dem Rumpf. Langsam viel er auf die Knie, dann auf den Brustkorb. Während des Fallens trennte Jack beide Arme ab. Der Körper blutete aus. Die Gäste hielten das Geschehene erst für eine gruselige Show. Und schon ging es weiter. Die Sichel trennte Arme und Köpfe von den Gästen. Ihre Körper kippten blutend auf die Tische. Suppenteller füllten sich mit ihrem Blut. Arme lagen auf dem Boden. Blut war nun überall. 12 Menschen verloren ihr Leben. An einer sauberen Tischdecke putzte Jack das Blut von der Sichel und brachte sie auf hochglanz.

In zwei weiteren Restaurants auf dem West Broadway schlug Jack mit der Sichel noch zu. Weitere 9 Menschen fanden den Tod. Immer wieder das gleiche Ritual. Nach dem Horror polierte Jack die Sichel immer auf hochglanz.

Ruhig und gelassen stieg er wieder in seinen Ford und fuhr in Richtung Gardner City über die Main Street. Vor dem City-Restaurant parkte er wieder direkt vor der Tür. „Hallo Sir! Hier können sie nicht parken!", rief ein Angestellter. So wollte es Jack eigentlich nicht. Das morden sollte erst im Gastraum stattfinden. Doch Jack zog die Sichel unter dem Mantel hervor, holte weit aus und schlug zu. Der Kopf des Angestellten flog 10 Meter weit. … Der Rumpf fiel langsam ins Gebüsch.

Menschen auf der anderen Straßenseite sahen den Vorfall und benachrichtigten schnell den Sheriff.

In der Zwischenzeit betrat Jack den Gastraum. 17 Gäste und zwei Kellner verloren ihr Leben. Blut spritzte aus den Wunden. Arme und Köpfe lagen im gesamten Raum. Die Tepiche sogen sich mit Blut voll.

„Hier ist der Sheriff! Hände hoch! Ergeben sie sich!", schrie der Sheriff. Zwei Deputies kamen noch zu Hilfe.

Jack holte aus … der Sheriff schoss … die Sichel schleuderte durch den Raum … die Deputies schossen ihre Waffen leer … alles war wie in Zeitlupe … die Sichel fand ihren Weg und flog direkt auf den Sheriff zu. Er kippte durch die Wucht nach hinten. Blut floss aus seiner Brust.

Jack brach tot zusammen. 18 Kugeln trafen ihn. Die Deputies schauten auf den blutenden Sheriff. Er öffnete die Augen und erhob sich langsam. Sein Sheriff-Stern rettete das Leben des beliebten Sheriffs in Westminster.

DER HORROR WAR VORBEI!

Bill blieb nicht in Westminster wohnen.

Die Sichel und eine Blutprobe des Sichel-Mörders wurden nun im New York City Police Museum untergebracht. Beides ist mit der höchsten Sicherheitsstufe versehen. Das Blut des Mörders ist schwarz und besaß bei der Untersuchung keinen Sauerstoff. Bis eines Tages der Geist erwacht.

…

Jedoch, da war noch etwas … Bill wurde ja von der Sichel verletzt. Er war ihr ebenfalls verfallen. Mit Hilfe von Ganoven, die er mit dem Geld des Hausverkaufes entlohnte, stahl er die Sichel aus dem Police Museum und flüchtete nach London, wo er bis an sein Lebensende untertauchte.

Fast vier Jahrzehnte später ... der **HORROR** ging weiter!

Das Blut des Mörders, zusammen mit der Mördersichel, wurde zuletzt in New York City im Police Museum ausgestellt.

Wir befinden uns nun im Jahr 2019, dass dieses spezielle Museum streng bewacht wird, kann man sich ja denken. Täglich belagern viele Neugierige die Vitrinen im Kriminal- Museum. Nichts gerät hier außer Kontrolle. Bis jetzt. ...

Das Blut klebte noch an der Sichel. Trotzdem strahlte sie in stolzem Glanz, als wenn sie eine Seele hätte. Die Vitrine war versiegelt und mit dickem Panzerglas versehen. Niemand hätte sie unbemerkt entwenden können.

Carmen Miller kam mit ihren zwei erwachsenen Söhnen. Die jungen Männer studierten Kriminologie und wollten sich auf diese Weise einen kleinen Einblick in diese Welt verschaffen. Carmen stand vor dem Glaskasten und bewunderte die Schönheit der Sense, die trotz ihres hohen Alters noch einen makellosen Goldüberzug besaß. Dass sie mit dunklem, getrocknetem Blut verschmiert war, sah Carmen nicht direkt. Je länger sie dieses Objekt betrachtete, umso mehr verspürte sie den unwiderstehlichen Drang zu morden. Sie schüttelte sich. Nein, das durfte und konnte nicht sein. Diese Gedanken wollte sie schnell wieder loswerden.

Carmen war eine biedere Hausfrau, die alles für ihre Söhne tun würde. Als sie damals von ihrem Mann verlassen wurde, waren die Söhne noch klein und sie erzog sie ganz alleine. Alles tat sie, damit es ihnen gut ging. Es wurde schon dunkel als sie mit ihren Söhnen das Museum verließ.

Jeden Abend um die gleiche Zeit, fand ein Kontrollgang durch das Museum statt. Jack Braun blieb plötzlich vor der leeren Vitrine stehen. Er traute seinen Augen nicht. Die blutige Sichel war aus dem gesicherten Glaskasten verschwunden, ohne eine Spur des Einbruchs zu hinterlassen. Es wurde unheimlich still, keiner der Beamten wagte sich etwas zu sagen. Obwohl Jack Braun ein stattlicher, kräftiger Mann war, lief ihm die Angst eiskalt den Rücken herunter. Seinem Kollegen Joseph Miller ging es nicht anders.

Die Männer machten Meldung, und innerhalb von Minuten war die Polizei vor Ort. Es wurde vermutet, dass hier nur eine unsichtbare, dämonische Kraft so etwas bewerkstelligen konnte.

Carmen Miller schaute in den Spiegel ihrer Kommode. Nein, sie war nicht sie selbst. Sie merkte, dass mit ihr eine Veränderung stattfand. Die einst so mädchenhaften, zarten Gesichtszüge waren verschwunden. Sie fürchtete sich vor ihrem eigenen Spiegelbild. Je länger Carmen sich betrachtete umso bösartiger wurde ihr Blick.

Es war nicht nur das Gesicht, welches sich verändert hatte. Die ganze Gestalt der einst hübschen Frau sah einfach zum fürchten aus. Sie trug ein langes, schwarzes Gewand und ihren gesamten Kopf verbarg sie unter einem langen, schwarzen Schleier. Die Horror- Sichel hatte es wieder geschafft, sich einen Handlanger auszusuchen.

Ein paar Tage später schlich sich Carmen zum Hintereingang des New York City Theaters. Es war schon recht spät, die letzte Vorstellung lief. Es herrschte andächtige Stille. Der Dämon, der von Carmen Besitz ergriffen hatte, setzte sich in die obere Reihe des Theaters.

Carmen zog die schwere, goldene Sichel hervor und schlug blitzschnell den Menschen, die eine Reihe vor ihr saßen, die Köpfe ab. Die besessene Frau ergötzte sich an dem Blut, welches unaufhaltsam auf den dicken Teppich des Theaters floss. Sie leckte daran bevor sie ihren Körper damit einrieb.

Carmen verschwand ungesehen in der Dunkelheit der Nacht. Niemand ihrer sonst so neugierigen Nachbarn bemerkte, dass sie die Tür ihres Hauses aufschloss und lautlos dahinter verschwand. Sie fiel vollkommen erschöpft auf ihr Bett und irgendwann in der Nacht verließ der Dämon ihren Körper. Sie wachte in Blut gebadet auf. Alles klebte und stank nach geronnenem Blut. Carmen musste sich übergeben. Es kam ihr vor wie ein grausiger Alptraum.

Nur, wo kam diese Blut in ihrem Bett her? Hatte sie sich etwa verletzt? So krampfhaft sie auch versuchte, sich zu erinnern, es gelang ihr nicht.

Um 23 Uhr, sobald die Dunkelheit sich über die Stadt gelegt hatte, wurde es ruhig und man sah nur wenige Menschen. Schlecht beleuchtete Nebenstraßen waren gewiss auch daran schuld. Gerade in dieser Gegend mied man es, bei Dunkelheit hier zu sein. Carmens Gestalt war komplett in Schwarz gehüllt und verdeckte ihren Körper ganz. Ein Paar und eine junge Frau gingen angeheitert auf die Haustür eines Mietshauses zu. Gerade als sie aufschließen wollten geschah es. Mit grunzenden und kreischenden Geräuschen sprang Carmen hervor. Der Speichel lief ihr aus den Mundwinkeln. Die zierliche Frau hob die schwere Sichel und schlug mit einem geraden Schnitt den drei Menschen die Köpfe ab. Als wenn das nicht schon genug wäre, trennte sie den Leuten noch Beine und Arme ab. Blut floss über den Asphalt. Die Körper bluteten völlig aus. Carmen bückte sich und griff mit den Fingern Blut. Sie leckte ihre Finger, es war absurd. Immer noch waren die Nebenstraßen wie ausgestorben und niemand bemerkte etwas. Carmen kniete sich jetzt. Jetzt trank sie das Blut und rieb sich hinterher noch ihren Körper damit ein. Der Blutrausch schien kein Ende zu nehmen. Die Sichel war wieder verschwunden und eine zierliche Frau, in Schwarz gekleidet, lief davon. Carmen betrat ihr Haus. Auch dieses Mal bemerkte sie niemand. Sie legte sich ins Bett, ohne sich vorher zu waschen und schlief bis zum anderen Tag durch.

Als die Leichen am folgenden Morgen gefunden wurden, lag ein entscheidendes Beweisstück daneben. Carmen trug immer ein Medaillon um ihren Hals, in dem alle wichtigen Daten zu ihrer Person eingetragen waren. Die Söhne wollten es so, falls ihr einmal etwas zustoßen würde. Es war jetzt sehr hilfreich, nur auf eine andere Weise. Die Polizisten klingelten und Carmen öffnete blutverschmiert die Tür. Die Sichel war wieder in ihrer Hand. Mit einem sauberen Schnitt, fiel der Kopf des klingelnden Polizisten auf den Boden. Carmen hatte vollkommen die Gesichtszüge eines Menschen verloren. Sie besaß eine grausame Horrorfratze und Blut lief an ihren Mundwinkeln herunter. Die einst so unschuldige biedere Frau und Mutter wurde vollkommen vom Geist der Mördersichel erfasst und tat nur noch das, was die Sichel wollte. Der zweite Beamte war geschockt. Carmen holte wieder aus. Der Beamte hob seinen linken Arm zur Verteidigung. Der Unterarm wurde abgetrennt. Er merkte es nicht einmal, er verspürte keinen Schmerz.

Mit der rechten Hand griff er nach seiner Pistole Glock 19. Noch während Carmen wieder ausholte, schoss der Polizist das volle Magazin vollkommen leer.

Das Aufräumkommando brachte die Sichel des Todes wieder in das New York City Police Museum. Sie wurde nicht mehr ausgestellt. Im Keller wurde sie eingelagert. Der Schlüssel wurde dem FBI übergeben. Das FBI untersuchte die Sichel akribisch. Die Vermutung, dass die Sichel in der Eisenzeit von Hand geschmiedet wurde, konnte nicht bestätigt werden. Das Material war wesentlich älter und völlig anders aufgebaut.

Eine Untersuchung mit dem Rasterelektronenmikroskop ergab eine grausige Entdeckung. Der FBI-Untersuchungsbeamte Jim Collins sah eine undurchdringliche Oberfläche. Er montierte den roten Holzgriff ab. Dieser wurde irgendwann einmal erneuert. Collins legte die Sichel wieder unter das Rasterelektronenmikroskop. Zur Sicherheit wurde der Raum mit Kameras überwacht. Was den Sicherheitsbeamten dann auf den Monitoren gezeigt wurde, war ein unheimlicher Anblick. Collins berührte den freigelegten Schaft der Sichel. Nun nahm Collins die Sichel in die Hand, jetzt verband sich die Sichel mit der Menschenhand direkt. Wieder übernahm der Geist der Sichel die Oberhand des Menschen. Wild schlug er um sich. Mit voller Wucht schlug sich Collins nun den linken Unterarm ab. Blut spritzte aus seinem Armstummel. Immer wieder schlug Collins jetzt auf seine Beine ein. Die Sicherheitsbeamten stürmten den Untersuchungsraum. Collins warf die Sichel auf einen Beamten. Wie in Zeitlupe   flog die Sichel dem Beamten entgegen und spaltete seinen Kopf. Er brach tot zusammen. Der andere Beamte schoss Collins in den Kopf und ins Herz. ... Collins war sofort tot.

Das   Rasterelektronenmikroskop zeigte, dass nach der Abnahme des Holzgriffs,   der Schaft Öffnungen besaß, aus denen lebende, wohl außerirdische Zellen austraten. Diese wanderten durch den Holzgriff in die Menschen, die die Sichel benutzten. Collins wurde direkt, ohne Holzgriff, konterminiert.

Die Sichel ist heute im militärischen Sperrgebiet AREA 51.
Den Code und den Schlüssel zum Stahl-Tresor, der in vielen Kilometern Tiefe liegt,
wurde dem aktuellen Präsidenten der Vereinigten Staaten von Amerika übergeben.

ENDE, ODER?

DAS HAUS AM SEE

Niemand wohnte in diesem Holzhaus unten am See. Es stand einige Jahre bereits leer. Man konnte es nur mit dem Boot erreichen. Alle Leute aus der Umgebung mieden es. In der Nacht spielten sich unheimliche Dinge dort ab. Punkt Mitternacht war dieses Haus hell erleuchtet und es hörte sich an, als wenn eine Frau weinen würde. Eines Tages kam ein junger Mann ins Bürgeramt der Stadt. Sein Name war Klaus Brückner. Er erkundigte sich nach dem Haus unten am See. Gerne würde er es kaufen. Da Angeln sein Hobby war, schien hier ein geeigneter Ort zu sein. Die Dame vom Amt sagte ihm, dass dieses Haus zuletzt einem Bauern aus der Umgebung gehörte, jetzt aber zum Kauf angeboten wurde. Sie meinte, dass es unheimlich dort sei. Klaus Brückner tat alles nur als Gerede ab. „Na ja, sie müssen wissen was sie tun. Sie können es sofort haben, wenn sie wollen. Wir sind froh, wenn es verkauft ist." Klaus Brückner angelte für sein Leben gern, da kam es wie gerufen, dieses Haus. Am ersten Abend warf er seine Angel aus, befestigte die Rute am Bootssteg und ging zurück ins Haus. Er vernahm ein leises Wimmern, ging aber darüber hinweg. Am darauf folgenden Abend das Gleiche, nur eindringlicher und lauter. Es kam ihm vor, das Gejammer direkt neben sich hören zu können. Er hatte das Gefühl zu spinnen.

Ein paar Tage vergingen bis er wieder Zeit fand, seinem Hobby nachzugehen. Auf dem Weg zum Haus traf Brückner ein paar Leute aus der Umgebung. Eine Frau fragte, ob er der neue Besitzer sei und es doch gewaltig dort spuke am See. Sie schaute ihn noch von der Seite an und verschwand. Klaus Brückner wurde nachdenklich. Sollte dieses nächtliche Gejammer etwas damit zu tun haben? Was war hier los?

Am Abend hatte er das Gespräch wieder vergessen. Gut gelaunt machte er sich auf den Weg zum Haus. Wie gewohnt legte er die Angel aus und ging rein. Eine unheimliche Stille machte sich breit. Plötzlich stand eine junge Frau vor ihm. Blutverschmiert und mit Seetang behangen. Ihm wurde schwindelig vor Angst. „Du musst es klären, ich bin ermordet worden. Er läuft noch frei herum, er muss bestraft werden, sonst kann ich keine Ruhe finden." Brückner bekam Angst, versprach aber, ihr zu helfen. Am Tag darauf fuhr er zum Rathaus, hier konnten sie ihm tatsächlich helfen. Er erfuhr, dass ein Bauer aus der Umgebung, mit Namen Holger Westermann, vor Jahren dieses Haus besaß, gleichzeitig eine junge Frau verschwand. Kurz danach verkaufte er das Haus wieder.
WARUM NUR? Verschwieg er etwas?

Gleichzeitig wurde nach dem Mädchen gesucht, Ermittlungen wurden angestellt. Sie wurde als vermisst gemeldet. Aber eine Verbindung zwischen dem Verschwinden des Mädchens und H. Westermann schien nicht zu bestehen! Oder etwa doch? Brückner bedankte sich für die Information.

Er hatte eine Vermutung, er hatte ein Gefühl, er hatte Gänsehaut ... ja, er hatte eine schlimme Befürchtung ... er setzte alles auf eine Karte, er pokerte jetzt hoch, denn er hatte doch versprochen zu helfen ... sein Vorhaben war riskant, sein Vorhaben war gefährlich ... aber er musste so handeln ... ...

ER FUHR SOFORT ZU WESTERMANN!

Er klopfte erst an, er pochte und schlug dann gegen die Tür und schrie: „MACH AUF, DU MÖRDER! ... KOMM' RAUS!"

Westermann schrie zurück, er konnte aber nicht gegen den gewaltigen Druck von Brückner ankommen.

Mit ganzer Kraft drückte Brückner die Tür auf! „Ich habe dieses Haus am See gekauft, was war da los? Sie sind in jener Nacht beobachtet worden! Man hat Schreie gehört!"

Ein Wort ergab das andere ... es wurde heftig geschrien und gestritten ... Holger Westermann knickte ein.

Er gestand sie geschlagen zu haben ... er gestand sie gefesselt zu haben ... er gestand, dass er sie vergewaltigt hatte und er gestand, dass er sie erschlagen und zerstückelt hatte. Ihr Fleisch hat er gegessen und ihr Blut getrunken.

Brückner konnte nicht glauben was er hörte. Es lief ihm eiskalt über den Rücken. Er rief die Polizei! Der Mörder wurde verhaftet! Endlich hatten die Leute ihre Ruhe ... endlich hatte die Seele ihre Ruhe ... Brückner verkaufte das Haus trotzdem wieder, mit dieser Vorstellung konnte er dort nicht bleiben, obwohl sich nun alles aufhellte, das Haus und der See in einem ganz anderen Licht zu sehen waren und der Spuk ein Ende hatte.

Ausverkauf

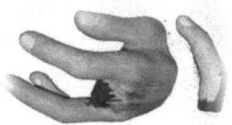

Es liegen nun schon seit längerer Zeit viele Ersatzteile in Connys USED BODY PARTS. Ganz langsam gehen Conny Conelly die Gelder aus, um seine Angestellten bezahlen zu können. Auch der Strom für das Geschäftslokal und natürlich für das Labor, muss bereitgestellt werden. Nun ja, es lässt sich sehr gut in diesem Zweig verdienen, aber nicht unbedingt in einem Vorort von Los Angeles. Besser gesagt in einem Vor-Vorort. Dann die ständig zu erneuernden Lizenzen, von wem stammt das Bein, die Hand oder der Arm, all dies muss Conny den Beamten der BCO, also des Body Control Office, beweisen können. Conny hat das Geschäft von seinem Vater vor drei Jahren übernommen. Jack Conelly hatte 2088 sein erstes Geschäft in Los Angeles eröffnet. Die Unkosten dort waren immens, aber Jacks Arbeit und Ehrlichkeit waren weit bekannt, jeder bezahlte gern für eine neue Hand 15.000 Dollar. Auch Jacks Service hatte einen guten Ruf, Einstellarbeiten oder Anschlussarbeiten wurden perfekt ausgeführt. Jacks Sohn hingegen war immer schon für den schnellen Dollar. Oft versuchte Conny seinem Vater ein Körperteil einer nicht freigegeben Leiche unterzujubeln. Auch Menschen, die in Geldnot waren, kaufte Conny für weit weniger ihre Gliedmaßen ab, als sie offiziell dafür bekommen hätten.

Nun gut, man kann es versuchen, aber Ehrlichkeit kommt doch ans Ziel. In der heutigen Zeit, also 2115, sind die staatlichen Auflagen noch höher, das wäre für Jack bestimmt kein Problem, aber er starb vor zwei Jahren an einem Gehirntumor. Das Kuriose daran ist, alle anderen Ersatzteile hätte Jack auf Lager gehabt, nur bei Gehirnen verweigert das BCO seine Genehmigung. Vielleicht gelingt es in 100 Jahren, ein komplettes Bewusstsein zu transformieren, wobei natürlich alle Reste des ursprünglichen Inhabers komplett gelöscht werden müssten. Und das ist auch das große Problem des BCO, kann ein Gehirn eines verstorbenen Mörders mit dem neuen Muster eines Lehrers aus Habsucht töten? Kann die Hand eines Mörders, angeschlossen an den Körper eines Pastors jemanden erdrosseln? Das alles ist nicht geklärt, Labore arbeiten daran, wo der eigene Geist wirkt und handelt. Bis dahin sind alle Ersatzteile scharf zu kontrollieren. Es soll nicht herablassend von Ersatzteilen gesprochen werden, aber seit dem letzten Atomkrieg, der Vernichtung der Ozonschicht und dem Schönheitswahn der 2050-er Jahre, sind das Denken und der Kopf wichtiger geworden.

Trotzdem gibt es immer noch die andere Seite, Diebstahl und Morde sind längst nicht ausgerottet. Und es ist so wie immer, der eine kann sich ein neues Auge kaufen, der andere aus Geldnot eben nicht oder er muss seins verkaufen.

Übrigens ist die Technik des Anschlusses perfekt gelöst. Bei einem Unfall oder einer Amputation wegen Krebs, werden Anschlussbuchsen am Körper verbaut. Diese Anschlüsse sind international genormt, wenigstens darin waren sich alle Staaten einig. Ein Arm eines Chinesen konnte also bei Übereinstimmung aller wichtigen Daten, wie etwa der Blutgruppe, bei einem Deutschen eingesetzt werden. Krebs ist sowieso das Wort des Jahrtausends geworden, hätte es bloß nicht die Atomkriege gegeben. In diesem Monat benötigte Conny wieder einiges an Geldern. Seinen Laden betraten zwei Zwischenhändler, bei ihnen hatte Conny mehr als 25.000 Dollar Schulden. „Du verkaufst in Zukunft unsere Waren aus zweiter Hand!", sagte einer. Es ist dabei wohl etwas makaber, von zweiter Hand zu sprechen, aber unkontrollierte Ware ..., wir kennen ja nun das Problem. Im Gegenzug kam Conny langsam von seinen Schulden runter. Die Ware wurde geliefert. 25 rechte Männerbeine, 11 Frauenbeine, 44 Hände und noch weiteres. Die Ersatzteile kamen in die Kühlkammer. Die 16 künstlich hergestellten Ersatzteile legte Conny ins Regal. Die künstlichen Gliedmaßen waren für ärmere Kunden, sie waren lange nicht so fein in der Koordinierung der Bewegungen. Auch wurden sie verwendet, wenn die Blutgruppen nicht übereinstimmten. Ein Kunde aus LA betrat den Laden und fragte nach Jack Conelly.

Vor der Jahrhundertwende stellte Jack ihm die Hände perfekt ein, ebenso die Augenschärfe. „Mein Vater ist leider verstorben, wie kann ich Ihnen helfen?", fragte Conny.

„Ah, verstehe, das tut mir Leid, aber wie der Vater so der Sohn. Ich habe Krebs im rechten Arm, den brauche ich neu. Lässt sich meine Hand noch verwenden?", so der Kunde. „Das ist nur ein geringer Kostenunterschied. Hier habe ich einen für sie, passender Arm mit Hand, die Daten stimmen überein!", sagte Conny und witterte ein Geschäft. „Da sie meinen Vater kannten, lasse ich ihnen 30 % nach!" „Okay, das ist ein Wort! In vier Tagen bin ich wieder bei ihnen. Im Krankenhaus lasse ich mir dann heute noch den Anschluss legen!" Nach vier Tagen kam der Kunde wieder zu Conny. „Die Wunde ist aber noch sehr frisch", meinte Conny. „Kein Problem, morgen habe ich einen Auftritt in der Menson-Halle, ich bin Country-Sänger. Die Gitarre werde ich nicht spielen können, das macht dann mein Sohn!", so der Käufer. Das Geschäft wurde abgewickelt, ohne Kontrolle, ohne Rechnung und ohne Namen. In der Zeitung las Conny Tags später über das Country-Konzert. Es war glanzvoll und ausverkauft. Man sprach aber auch von drei toten Konzertbesuchern.

Aber Conny interessierte dies wenig. In den nächsten Tagen und Wochen kamen immer wieder Kunden, die verätzte Arme und Hände hatten.

Bis auf die Knochen wirkte diese Säure, alles musste amputiert werden. Conny war glücklich, das Geschäft lief gut, die unkontrollierte Ware machte sich bezahlt. Eines Tages stand der Country-Sänger wieder vor Conny. „Hallo, stimmt etwas nicht, soll ich eine Einstellung vornehmen, damit das Gitarrenspielern besser klappt?", flachste Conny. „Im Gegenteil, alles Bestens. Meine Freunde hast du auch gut versorgt, wir sind wieder vollständig. Hier ist deine Bezahlung!" Der Countrysänger nahm den Revolver und erschoss Conny. In den nächsten Wochen waren immer wieder Horrormeldungen zu hören. „Wieder 36 Leichen entdeckt! Die ehemalige Gruppe des Massenmörders Big Dan Welley schlachtet Kleinstadt ab! Mit seinen 8 Gefolgsleuten mordet er im ganzen Staat! Mittlerweile sind es 177 Tote! Die Polizei hat noch keine Täterbeschreibung! Obwohl die Gruppe vor 12 Monaten durch den elektrischen Stuhl getötet wurde, leben sie durch ihre Arme weiter! Der Besitzer, der diese Arme verkaufte und die Mörder identifizieren könnte, wurde eliminiert!" Das Gesetz wurde weiter verschärft. Heute dürfen nur Krankenhäuser, die dem Body Control Office unterstehen, solche Verkäufe durchführen. Die Täter sind immer noch nicht gefasst. Es sind mittlerweile über 500 Tote!

Das Auge

Woran denken Sie, wenn Sie sich im Badezimmer die Hände waschen? Nach der Rasur die Barthaare wegspülen? Den Zahnbecher mit Wasser füllen? Nichts? Oder: Komme ich zu spät zur Arbeit? Auf keinen Fall, dass Sie beobachtet werden, schließlich lässt sich die Badezimmertür absperren! Nun, genau dies dachte sich wohl auch Angela McCorby, oder auch nicht! Was ist geschehen? Durch einen Defekt, keiner weiß, wie es passieren konnte, ist Abwasser in die Frischwasserzufuhr des Hauses an der Lincoln Street 55 eingedrungen. Lediglich stellte man bislang fest, dass Abwasser der naheliegenden Industrie-Unternehmen in den Garten der McCorby's gelang.

Wie jeden Morgen war Angela die letzte im Haus. Noch schnell die Küche aufgeräumt, die drei Kids hinterließen wieder eine Großbaustelle, nun noch das Badezimmer gereinigt, danach ging es ab ins Büro. Der Ablauf fand auch wie immer so statt. Nur, was glitzerte dort im Siphon des Waschbeckens im Badezimmer? Hat ihre Tochter Diana etwa einen Ohrring verloren? Angela schaute sich das glitzernde Etwas genauer an. Immer näher und näher schaute sie in das Waschbecken.

Plötzlich sprang ihr etwas ins Auge, es war wohl ein Wassertropfen. Alles schien okay... nun ab ins Büro. Tage später bemerkte Angela, dass sich ihr Augenlicht auf dem rechten Auge verschlechterte.

Auch eine Verfärbung und Verdickung stellte sie fest. Zunächst bekämpfte Angela das Übel mit Augentropfen. In der Nacht hatte Angela schlimme Albträume, ihr Ehemann Stan weckte sie oft. Morgens konnte sich Angela an alle Vorkommnisse im Traum erinnern. Eigenartiger Weise sah sie immer Leichen vor ihrem sogenannten dritten Auge. Auch am Tag, und in der Nacht sogar Gesichter.

„Da reicht nun nicht mehr ein Augenarzt!", flachste Stan. „Da musst du wohl zum ...!"
„Sprich nicht weiter!", stoppte ihn Angela. Mit den Tagen veränderte sich Angela. Sie trug nun eine dunkle Sonnenbrille, sie verhielt sich auch sehr zurückgezogen. Nun reichte sie auch noch unbezahlten Urlaub ein. Die Hausarbeit erledigte Angela nur noch mit Widerwillen. Als ihr auch noch mehr Haare ausfielen, quartierte sie sich im Gästezimmer ein.

Die Tage vergingen. Die Kinder wurden vom Vater versorgt, Angela kam nicht mehr aus dem Zimmer, sie schloss sich ein. Die Familie sorgte sich sehr, auch Dr. Miller, Hausarzt der Familie, wurde nicht von Angela empfangen. Eines Nachts machte sich Stan daran, mit einem Draht den Schlüssel der Tür auf den Fußboden fallen zu lassen. Vorher schob er ein Blatt der Tageszeitung unter die Tür durch. Es klappte, der Schlüssel fiel auf das Blatt, langsam zog Stan nun das Blatt mit dem Schlüssel zu sich. Vorsichtig und leise öffnete er die Tür.

Nun schlich er zum Gästebett, Angela schlief fest, sie stöhnte. Sie trug eine Augenklappe, ihr Gesicht war geschwollen. Vor dem Bett lagen ihre wunderschönen Haare, alle waren ausgefallen. Stan erschrak, er nahm die Augenklappe von Angelas Kopf ab und schaltete die Nachttischlampe ein. Eine Todesangst hatte Stan, als er die verschrumpelte Gesichtshälfte mit den Narben und Pocken sah. Angela schlief weiter, stöhnte dabei, aber ein Auge schaute Stan an, es war ein grauenhafter Anblick, das war kein Auge, es war ein ganzer Organismus mit Augen und Mund. „Bezahlen werdet ihr alle dafür, bezahlen!", quietschte es aus dem verunstalteten Mund. Stan rannte aus dem Haus und übergab sich. Sofort rief er den Sheriff. Das FBI schaltete sich ein.

Die ganze Familie und das ganze Anwesen wurden unter Quarantäne gestellt. Ja, nun sind sechs Monate vergangen. Angelas schönes Gesicht konnte nicht gerettet werden, die plastische Chirurgie tat aber ihr bestes. Aber sie lebt und die Familie wohnt nun in Canada.

Sie fragen nach der Ursache des ganzen Dramas? Eine der Firmen arbeitete mit hochgradigen Säuren. Sicherheitsvorschriften wurden nicht eingehalten. Arbeiter, die in Säurebecken fielen, wurden im Erdreich entsorgt. Arbeiter, die sich verätzten, wurden umgebracht. Auf dem Betriebsgelände wurden 186 Leichen gefunden, 34 Jahre gab es diesen Betrieb, wer weiß, was noch alles ans Tageslicht kommen würde. Der Besitzer stürzte sich am Tag der Durchsuchung in eines der riesigen Säurebecken.

Das Unheil kam aus dem Labor

Ich war ein junges Mädchen und lebte mit meinen Eltern in einem Vorort von New York. Brooklyn war meine Heimat. Ich fühlte mich wohl dort, hatte meine Freunde und ging hier zur Schule. Dieser Stadtteil ist nicht gerade der Ort, auf den man besonders stolz sein könnte. Arbeitslosigkeit und Kriminalität dominierten das Straßenbild. Nachdem ich mein Studium in Boston begann, blieb kaum noch Zeit, mich um meine Eltern zu kümmern. Sie wollten unbedingt in Brooklyn alt werden und waren nicht zu bewegen, in eine andere Stadt zu ziehen. Während der Semesterferien besuchte ich meine Eltern Jeff und Mary Watson oft. Mein Name ist Linda. Geheiratet habe ich nie und heute denke ich, es war wohl besser so. Ich habe immer schon die Turbulenzen in meinem Leben geliebt und glaube, dass dies wohl niemand mit mir geteilt hätte. Meine Doktorarbeit schrieb ich mit links. In einem wissenschaftlichen Institut für Meeresbiologie war ich kurz darauf angestellt und konnte frei entscheiden, was zu tun war. Mit der Untersuchung von seltenen Meeresgeschöpfen begann meine Arbeit. Weder ich, noch meine Kollegen, konnten damals ahnen, was uns noch erwartete. Die Arbeit machte mir große Freude, jedoch habe ich mir geschworen, nie mehr einen Fisch zu untersuchen. Zu groß wäre die Angst, wieder böse überrascht zu werden.

Nun ja, an diesem Morgen dachte noch niemand an etwas Negatives. Ein Fisch musste in alle Einzelteile zerlegt werden. In einer speziellen Lösung mussten grundlegende Zusammensetzungen der Haut und der Eiweißstoffe erforscht werden. Das Blut wurde untersucht und alles wurde gründlich analysiert. Dieses Tier war unbekannt. Es kam aus einer unglaublichen Tiefe im Ozean, die zuvor noch nie mit einem U-Boot erreicht werden konnte. Erst zu diesem Zeitpunkt war es möglich, solch eine Tiefe mit einem speziellen Gefährt zu erreichen. Das Maul des Fisches hatte eigenartige Zahnreihen, die an ein menschliches Gebiss erinnerten. Seine Augen ähnelten einem alten Mann, der sehr müde war. Wenn ich nicht genau gewusst hätte, dass dieser Fisch tot war, hätte ich denken können, dass er mich jeden Moment anspringt. Nach einigen Untersuchungen stellte sich heraus, dass das Blut des Tieres ähnlich zusammengesetzt war wie das unsere. Doch einige Stoffe waren sehr ungewöhnlich. Um dies zu untersuchen, brauchte ich Zeit. Diese Zeit hatte ich leider nicht. Plötzlich rollte dieses Tier mit den Augen hin und her, als wenn es uns beobachten würde. Das tat er auch. Der Fisch bewegte das Maul, als wenn er reden wollte. Er fing wie wild zu zappeln an. Das Rollen der Augen und die Bewegungen des Maules deuteten darauf hin, dass er uns etwas mitteilen wollte.
Es war wie in einem Horrorfilm.

Wir bekamen es alle mit der Angst zu tun und standen da wie angewurzelt. Die Stimme versagte uns. Schnell wollten wir diesen Spuk beenden. Doch ehe wir noch an etwas anderes denken konnten, platzte dieser Fisch komplett auf. Alle Eingeweide fielen heraus, aber auch ein Ei, das einem Hühnerei ähnelte. Der Horror nahm kein Ende, im Gegenteil. Das Telefon klingelte und meine Mutter Mary rief fast ungehalten vor Aufregung in den Hörer: „Linda, Linda! Vater hat ..." Sie sprach nicht weiter. „Bitte rede weiter!", sagte ich zu ihr. „Was ist mit Dad?" Sie sprach weiter: „Er brachte heute einen Fisch vom Angeln mit nach Hause." Sie redete wieder nicht weiter. „Ma, was ist los?" „Dieser Fisch sah ungewöhnlich aus, ja gruselig. Er hatte menschliche Züge." „Und weiter, Ma?" „Ja, das war nicht das Schlimmste. plötzlich zappelte er wie wild herum, obwohl er tot war. Und sein Körper platzte auf. Ein Ei, so groß wie ein Hühnerei rollte heraus. Mich schüttelt es!", sagte meine Mutter. Ich sagte ihr, dass sie nichts anrühren sollte. „Lasst alles so liegen, bis ich euch jemanden vom Tierschutz geschickt habe", sagte ich ihr eindringlich. „Und schließ den Raum gut ab, in dem dieses Untier liegt." „Ich will es so machen, Linda, ich habe furchtbare Angst." „Wir auch", sagte ich mit einer beruhigenden Stimme, zu der ich mich zwingen musste. „Hier im Institut ist der Horror ausgebrochen", sagte ich ihr. „Linda wir haben panische Angst!", sagte meine Mutter.

Ich versuchte sie zu beruhigen und empfahl ihr, das Zimmer abzuschließen, in dem sich der Fisch und das Ei befanden. Vorsichtig legte ich mit meinen Kollegen das makaber anmutende Ei in den Brutschrank. Der Fisch, obwohl er aufgeschnitten war, lebte immer noch. Aus seinem menschenähnlichen Maul kamen komische Laute. Er sagte: „Mein Auftrag ist erledigt. Niedergang der Menschheit." Sämtlichen Angestellten des Institutes stockte der Atem. Wir konnten und wollten nicht wahrhaben, was wir da hörten. Was war hier los? War es Realität oder Traum? Bei meinen Eltern in Brooklyn sah es schlecht aus. Plötzlich brach ein Stück der Schale aus dem Ei. Auch im Brutkasten des Instituts tat sich etwas Furchterregendes. Statt einer Feder oder einem Schnabel, wie man vermutet hätte, kam ein winziger Finger zum Vorschein. Keiner wagte sich zu bewegen und das Entsetzen konnte man in den Augen der Leute beobachten. Abermals wiederholte der Fisch das, was er vorher gesagt hatte. Schweigend schauten sich alle an. Das Ei im Brutkasten platzte wieder ein Stück auf. Und wir sahen den Teil einer menschlichen Schulter. Die Haut war gelb und verschrumpelt. Zotteliges Haar bedeckte die Haut. „Wir müssen etwas unternehmen!", rief Jack sofort. Er war meine rechte Hand im Institut. Wieder brach ein Stück Schale heraus. Ein ausgewachsener Mensch, wenn man das überhaupt so sagen konnte, kletterte heraus. Der Horror nahm kein Ende.

Erneut rief meine Mutter an. Das Wesen, das aus diesem Ei kletterte verwandelte sich innerhalb von Minuten in ein Monster von über zwei Metern. Es schrie wild: „Ich werde euch auslöschen. Ihr seid schon immer für unseren Planeten Andromega eine Bedrohung gewesen. Jetzt reicht es. Der Fisch war unser einziges Transportmittel, da wir aus den Tiefen der Ozeane kommen. Unsere Galaxie ist einzigartig. Nur durch die Meere können wir hier her kommen. Da Andromega unendlich weit von der Erde entfernt ist, haben selbst wir noch keine andere Möglichkeit gefunden zu euch zu kommen. Euren Müll schießt ihr ins All und alles landet auf Andromega. Wir ersticken daran. Wir hatten eine wunderbare Vegetation, die sich nun nicht mehr entfalten kann. Unsere Atmosphäre war rein. Die Luft konnte man atmen. Jetzt hängt ein ewiger Schleier über unserem Planeten. Was seid ihr nur für ein elendes Volk. Voller Gleichgültigkeit und Herrschsucht. Dachtet ihr denn, dass ihr auf Dauer so weiter machen könnt? Jetzt bin ich hier und werde diesen Planeten in Augenschein nehmen. Wir wollen hier leben, da es auf Andromega nicht mehr möglich ist. Nur eines stört gewaltig und das seid ihr, Menschenvolk. Ihr habt uns Schlimmes angetan und dafür müsst ihr bezahlen." Meine Mutter hatte den Hörer danebengelegt, sodass ich alles mit anhören konnte. Mir wurde schlecht. Meine Sinne schwanden und mir fiel es verdammt schwer mich zu konzentrieren.

Wir mussten nun schnell handeln bevor es zu spät war. Denn: Wie viele Eier sind schon auf diese Weise hier her gekommen? Wir konnten es nur ahnen. Auch im Institut spitzte sich die Situation dramatisch zu. Das Ei sprang weiter auf. Eine ekelige Gestalt kletterte heraus, die sich auch hier in Windeseile in ein zwei Meter großes Monstrum verwandelte. Jack konnte noch ungesehen in den Nebenraum verschwinden, um Hilfe zu rufen. Er rief den Präsidenten an, der anfänglich nicht glauben konnte, was er da hörte. Aber er veranlasste alles. „Bitte versucht in der Zeit diese Kreatur hinzuhalten", sagte der Präsident. „Wir werden so schnell wie möglich da sein. Das Militäraufgebot ist schließlich riesig und nicht in Kürze zusammen zu ordern." Jack ging zurück ins Labor und gab uns ein Zeichen, sodass wir wussten, dass Hilfe kam. Da der Hörer in Brooklyn immer noch neben dem Apparat lag, konnte ich hören, was dort passierte. Meine Eltern schrien laut und verzweifelt und ich konnte nichts machen. Auch dort war Hilfe im Anmarsch. Meine Mutter weinte und rief immer den Namen meines Vaters. „Bitte lass uns zu Frieden!", rief sie. „Wir können doch nichts dazu." Doch diese grausame Kreatur schleuderte meinen Vater vor die Wand, sodass er sofort tot war. „Jeff, Jeff!", rief sie. Er gab keine Antwort mehr. Ein Grummeln und Grunzen war zu hören und ich betete, dass er meine Mutter leben lassen würde.

Im Labor baute sich das Monster vor den Mitarbeitern auf und sagte: „Nun ist es endlich soweit. Ich werde meinen Auftrag erfüllen und schauen, ob wir hier wohnen können.

Alle Bewohner aus Andromega sind auf dem gleichen Weg unterwegs. Ihr werdet ausgerottet werden, denn dafür habt ihr uns zu viel angetan. Da wir alle diese Größe haben, könnt ihr nicht viel gegen uns ausrichten." Es grunzte und der Sabber lief ihm aus dem Maul. „Ha, ha", sagte es. „Das wird euch nichts nutzen." Es nahm zwei meiner Kollegen, schleuderte sie herum und schlug sie vor die Wand, sodass sie sofort tot waren. Blut tropfte an den Wänden herunter. „Linda, Linda!", hörte ich laut durch den Hörer. Plötzlich ein Aufschrei. Auch meiner Mutter konnte nicht mehr geholfen werden. Leider war in diesem Moment an Trauer nicht zu denken, denn ich musste aus der schlimmen Situation herauskommen. Nur wie? Ich sprach das Untier an: „Ich will dir einen Vorschlag machen, bitte hör mir nur einen Augenblick zu." Mir zitterte die Stimme, doch es durfte nicht merken wie schlecht es mir ging. „Wir wollen alles wieder gutmachen, was wir euch angetan haben. Wir werden euren Planeten wieder bewohnbar machen", sagte ich mit zitternder Stimme. „Aber wie wollt ihr uns erreichen?", fragte das Wesen. „Die NASA hat geheime Informationen darüber, wie man auch sehr weit entfernte Planeten erreichen kann. Lichtgeschwindigkeit ist schon kein Thema mehr. Informationen wird der Präsident mitbringen."

„Ich werde mir anhören was er zu sagen hat", sagte das Wesen. Einige Minuten später wurde das Institut umstellt und die Tür zum Labor aufgerissen. Soldaten mit schweren Maschinenpistolen feuerten von allen Seiten auf das Ungeheuer. Es fiel nicht um, sondern löste sich in Nichts auf. „War das alles nur ein Traum?", fragte ich. „Nein!", antwortete Bob, ein Kollege, der gerade seinen Doktor in Biologie gemacht hatte. „Leider haben wir die Realität erlebt. Nur wissen wir nicht, wie viele von diesen scheußlichen Gestalten schon unter uns sind." Überall in den Staaten wurde der Notstand ausgerufen, die Menschen sollten bei dem kleinsten Verdacht den Präsidenten und das Militär benachrichtigen. Meine Eltern hatte ich verloren, das konnte ich nicht mehr rückgängig machen. Aber ich hatte eines verstanden. Wir Menschen müssten endlich begreifen, dass wir nicht einzigartig sind, dass wir mit dem, was wir haben, nicht sorglos umgehen könnten. Und wer weiß, wie lange es noch dauern würde, bis wir selbst uns einen anderen Planeten suchen müssten, damit die wir weiter existieren könnten. Halten wir den Weltraum sauber und lernen wir endlich Zurückhaltung und Demut für das, was uns geschenkt wurde.

Der Opfergang

Die Inspektoren Bob Nelson und Nick Brando hatten im Stadtteil Manhattan ein kleines Büro. Dieses Büro suchten nur ganz bestimmte Leute mit besonderen Problemen auf. An der Tür stand „Police" und darunter in kleiner Schrift „Geisterjäger". Kleine Schrift wurde aus dem Grundgenutzt, dass es nicht jeder auf Anhieb lesen sollte, denn sie schämten sich für ihre fast unglaubhafte Arbeit. Aber in den letzten Jahren waren zu viele mysteriöse Dinge geschehen, die auch einen erfahrenen Geisterjäger schockierten. Immer wieder wurden sie gerufen. Nur Bob Nelson und Nick Brando hatten sich jedes Mal bereiterklärt zu helfen. Im Laufe der Zeit spezialisierten sie sich auf dem Gebiet der Geisterjagd. Nichts entging ihrer Aufmerksamkeit. Aber fast immer gewannen sie den Kampf gegen das Böse. An diesem Oktobermorgen, es war noch dunkel und nebelig, klopfte es heftig an der Bürotür. Beide erschraken und richteten den Blick zur Tür. Sie wussten, dass wieder Arbeit auf sie wartete.

„Herein!", rief Nelson. Ein junges Paar betrat den Raum. Kreidebleich im Gesicht, fingen sie fast gleichzeitig an zu reden: „Drüben am Waldrand, haben wir uns ein Haus gekauft. Wir wollten dort wohnen, bis wir alt werden. Außerdem ist meine Frau schwanger.", sagte der Mann.

Das Haus wäre groß genug für eine Familie. „Am ersten Abend, nachdem wir eingezogen waren, spielte sich nichts Ungewöhnliches ab. Aber am nächsten Tag ging es los. Der Horror begann. Seit einigen Wochen ist dieses Haus unser Zuhause, dachten wir jedenfalls. Ruhe fanden wir bisher nicht. Unsere ganzen Ersparnisse sind für den Kauf des Hauses draufgegangen. Wo sollten wir sonst hin?" „Sachte, immer sachte", sagte Bob Nelson in seiner lässigen Art. „Jetzt beruhigen sie sich doch etwas und erzählen sie uns in aller Ruhe, was geschehen ist." Anne Baker sprach: „Ich ging eines Morgens in die Küche, wollte mir einen Kaffee machen. Mein Mann fuhr sehr früh ins Büro. Ich war allein im Haus. Ich weiß nicht, ob ich überhaupt was sagen soll. Sie werden mir bestimmt nicht glauben. Auch das, was mein Mann ihnen sagen will, klingt irgendwie unglaubhaft." Nick Brando antwortete: „Aber Miss Baker, dafür sind wir doch da, um gerade solche Fälle zu klären." Nun sprach sie weiter: „Es stand, wie aus dem Nichts, eine Frau im Nonnengewand vor mir. Sie glotzte mich mit weit aufgerissenen Augen an und krächzte hysterisch und bösartig: Wir wollen dein Kind, wir werden es uns holen, wenn es soweit ist. Dann war sie plötzlich wieder verschwunden …

… Am Abend erzählte ich es meinem Mann, doch so recht glaubte er mir nicht und schob es auf meine Schwangerschaft. Nein, nein antwortete ich ihm, mein Verstand hat mir keinen Streich gespielt. Ich habe sie wirklich gesehen. Roger nahm mich in den Arm und riet mir, darüber zu schlafen. Aller ein paar Tage tauchte von da an diese wahnsinnige Nonne auf. Nicht nur in der Küche überraschte sie mich, sondern überall dort, wo ich mich gerade aufhielt. Mittlerweile glaubt Roger mir." „Das klingt alles sehr unglaubwürdig, ist aber nichts Neues für uns. Solche Fälle hatten wir hier in den letzten Wochen mehr als genug", meinte Nick Brando.

„Nun ja", fuhr Roger fort, „ich ging in den Keller. Da ständig die Sicherungen herausflogen, wollte ich nachsehen, was da los ist. Da standen sie im Kreis. Sechs Nonnen. Es war ein Zeichen auf dem Boden gemalt, aber ich konnte es nicht erkennen. Es war zu dunkel. Monotone Sprechchöre waren zu hören, so etwas wie eine Beschwörung. Schwarze Kerzen leuchteten an den Wänden des Kellergewölbes. Auf einmal ging eine der Nonnen weg. Sie verschwand einfach durch das dicke Mauerwerk. Wenig später kam sie mit einem Säugling auf dem Arm wieder. Wenn ich es nicht mit eigenen Augen gesehen hätte, könnte auch ich es nicht glauben."

Die Angst stand ihm ins Gesicht geschrieben. „Reden sie weiter, Mister Baker", sagte Bob Nelson locker wie immer. Roger stotterte hektisch: „Sie legte das Kind in die Mitte des Kreises und sprach eine Beschwörungsformel. Als das Kind schrie, wurde es sofort umgebracht. Das ganze Spektakel dauerte eine halbe Stunde. Anschließend löste sich alles vor meinen Augen in Luft auf. Meine Selbstbeherrschung hatte ich nicht mehr im Griff, als ich nach oben ging. Der Strom schaltete sich wieder ein, ohne dass ich eine neue Sicherung brauchte." „Mein Gott!", sagten beide Inspektoren fast gleichzeitig, „Das ist ja mehr als grauenhaft." Anne Baker weinte. „Ich habe Angst um das Baby, was sollen wir nur tun?" „Miss Baker, genau dafür sind wir da, bitte machen Sie sich keine Sorgen", sagte Bob. „Geister müssen, um sie unschädlich zu machen, ignoriert werden. Einfach nicht beachten, wenn es wieder geschieht. Gehen Sie nun erst mal nach Hause. Warten Sie ab, wir werden uns in den nächsten Tagen bei Ihnen melden, sobald wir etwas herausgefunden haben." Roger und Anne Baker gingen Hand in Hand zu ihrem Auto, setzten sich in den alten Ford und fuhren weg. Wieder ereignete sich Tage später etwas Grausames im Hause der Bakers. Sie wollten gerade ins Haus gehen und mussten feststellen, dass die Haustür offenstand. Bluttropfen waren zu sehen.

Sie befanden sich überall an den Wänden und auf den Teppichen. Sogar die Möbel waren beschmiert. Anne schrie laut und konnte sich nicht beruhigen. Roger versuchte seiner Frau klarzumachen, dass sie schwanger war und an das Kind denken sollte.

Er versuchte das Blut abzuwischen, doch es kam immer wieder durch. Eine große Schrift mit Blut geschrieben tauchte an der Wand auf. Es stand darauf: „Wir werden dein Kind holen. Denke nicht, du bleibst verschont." Dann plötzlich waren die Schrift und die Blutsflecken verschwunden. Anne und Roger liefen hinauf in ihr Schlafzimmer, schlossen sich ein und kauerten engumschlungen im Bett. Keiner von den beiden traute sich, etwas zu sagen. Die Tage vergingen ohne besondere Zwischenfälle. Inspektor Bob Nelson und Nick Brando forschten eifrig und fanden heraus, nachdem sie fast alle Ämter, Kloster, Stadthäuser und Archive abgegrast hatten, dass dort, wo sich das Haus der Brandos befand, vor einhundert Jahren ein Kloster stand. Die Nonnen die darin lebten, hielten schwarze Messen in den Kellergewölben ab. Als Geschenk für den Herrn, so nannten sie den Teufel, opferten sie neugeborene Kinder. Die Babys bekamen sie von misshandelten Frauen, die im Kloster Schutz suchten. Dabei gingen sie brutal vor. Sie entrissen ihnen regelrecht die Kinder.

Die Nonnen warteten erst gar nicht den Geburtstermin ab, sondern schnitten den Müttern einfach den Bauch auf und holten das unschuldige Lebewesen heraus. Meistens starben die Frauen und wurden dann in den Wänden eingemauert. Keiner fragte nach ihnen, sie wurden nie vermisst. Nun waren die beiden Inspektoren gefragt. Durch die Erfahrung, die sie im Laufe der Zeit machten, wussten sie genau, wie sie sich in solchen Situationen verhalten mussten. Nelson und Brando fuhren los, bepackt mit Utensilien, die der Geisterbekämpfung dienten. Am Haus der Bakers angekommen, fanden sie zwei Menschen vor, die kaum noch ein klares Wort sprechen konnten. Sie zitterten am ganzen Leib und erzählten, was in den letzten Tagen passiert war. Die Geisterjäger, so nannten sich die beiden Männer, gingen an die Arbeit. Nick sagte noch: „Bitte packen Sie das Nötigste ein, Sie werden vorläufig in ein Hotel gehen. Sie bleiben so lange dort, bis wir Sie rufen." Für Nick und Bob begann jetzt der schwierige Teil. Sie warteten die Dunkelheit ab. Etwas mulmig war ihnen schon, zumal sie in Erfahrung gebracht hatten, welche grausamen Dinge an diesem Ort einst geschahen. Nick stellte eine Infrarotkamera auf und schaltete sie ein. Bob montierte noch gerade ein Geräuschaufnahmegerät, das auch die feinsten und leisesten Töne aufzeichnete. Plötzlich hörten sie mystische Gesänge. Sie gingen in den Keller. Sprechchöre und Beschwörungsformeln drangen an ihre Ohren.

Sie trauten ihren Augen nicht. Das, was sie sahen, ließ sie vor Schreck erstarren. Eine Teufelsanbetung mit sechs Nonnen die sich im Kreis aufgestellt hatten. In der Mitte des Kreises weinte ein Baby. Die Nonne ging hin und schrie: „Hör auf zu jammern du armselige Kreatur." Sie klebte dem Säugling den Mund zu, bis es sich nicht mehr bewegte. Die Gesänge wurden immer eindringlicher. „Wir müssen handeln Bob", flüsterte Nick. Noch ehe der Gedanke zu Ende gedacht war, tauchte über den Nonnen, oberhalb des Deckengewölbes, ein riesiger Kopf auf. Grausam verzerrt die Fratze, feuerrote Augen und Blut rann ihm aus dem Maul. „Der Teufel persönlich", sagte Bob. „Ich werde mindestens ein Jahr lang Albträume haben. Wir brauchen Feuer. Alles muss verbrannt werden." Nick fand einen Kanister mit Benzin in der anderen Ecke des Kellers. Sie schütteten alles auf den Boden. Damit es heftig brennen konnte, trugen sie Pappe und Papier zusammen. Es brannte lichterloh, die Flammen schlugen gnadenlos zu und fraßen sich durch das ganze Haus. Dann vernahmen sie noch eine Stimme, die hysterisch schrie: „Freut euch nicht zu früh, wir kommen wieder!"

Nick und Bob mussten, von der Straße aus, mit ansehen, wie das Haus niederbrannte. „Es ist wohl besser so", meinte Nick. Roger und Anne bekamen ein Ersatzhaus. Dafür sorgten die Bewohner des Stadtteils. Sie spendeten und gaben dem jungen Paar alles, was sie erübrigen konnten. Alle hielten fest zusammen, denn jeder konnte der nächste in diesem Gruselkabinett sein. Das neue Haus stand am anderen Ende des Stadtteils. Es war zwar etwas baufällig, aber alle packten mit an, um es wieder herzurichten. Mit Kleiderspenden und gebrauchten Möbeln wurden sie versorgt. Lange würden sie brauchen, um darüber hinwegzukommen. Aber sie lebten, und nur das war wichtig. Ob es nun im Stadtteil Manhattan in Zukunft ruhiger werden würde, wusste man nicht so genau. Jedoch Nick und Bob hielten sich stets bereit, um jederzeit den Kampf mit dem Bösen aufzunehmen.

Der Ring – Die Welt der Tepta

Der kleine Bauernhof in Süd-Schweden brachte nicht viel ein. Hanna und Erik Lörensen verkauften ihre wirklich gute Ware mit wenig Gewinn. Nun, dafür hatten sie ihre Stammkundschaft, verhungern würden die Lörensen nicht. Erik schaute sich heute auf dem Feld die Kartoffeln an. Mitten auf dem Feld bemerkte er, dass die Ernte dort sehr schrumpelig umher lag. Alle anderen Kartoffeln sahen wie immer prächtig aus. Etwa zehn Quadratmeter aber waren verdorben. Erik dachte, dass die Bewässerung dort nicht funktioniert hätte und ging der Sache auf den Grund. Genau im Zentrum fand er einen etwa sechzig Zentimeter tiefen Krater. So etwas war ja bekannt, es würde sich um einen kleinen Himmelskörper handeln. Erik kniete nieder und suchte nach einem Meteoriten. Doch einen solchen fand er nicht. Erik dachte, dass bereits ein Meteoriten-Jäger den Fund geborgen haben könnte. „Oh, was sehe ich, er hat wohl seinen Ring dabei verloren.", freute sich Erik. Er funkelte nicht nur, er leuchtete regelrecht, er war golden, einen Stempel mit dem Goldwert konnte Erik allerdings nicht entdecken. Wie kleine Leuchtdioden strahlten die Lichter, aber es waren keine LED zu entdecken, der Ring strahlte von innen durch das Metall. „Na, egal!", dachte sich Erik. Schon Ewigkeiten hatte er seiner Frau nichts mehr schenken können.

Bis zu ihrem Geburtstag in zwei Monaten wollte Erik mit dem Geschenk nicht warten. Vielleicht würden dem Ring die Batterien ausgehen!

Am Abend bereitete Hanna Bratkartoffeln mit Köttbullar. Sie selbst aß zwar lieber Kartoffelpüree dazu, aber Erik liebte Bratkartoffeln mit viel Speck. „Mein Schatz, schon lange habe ich dir nichts mehr schenken können", sagte Erik mit leiser Stimme. „Nein!", fiel ihm Hanna ins Wort. „Deine Liebe erhalte ich jeden Tag!" „Das ist lieb von dir, aber mit diesem Ring will ich vieles gut machen!", fuhr Erik fort. Hanna freute sich riesig, er passte auf den Mittelfinger. Bei dem anschließenden Fernsehprogramm musste Hanna die Hand unter ein Kissen legen, so hell strahlte der Ring. „Ach, Hanna, irgendwann sind die Batterien leer, dann wird er dunkler!", flachste Erik. Tage vergingen, die Ernte war eingefahren, Hanna verkaufte die frische Ware im kleinen Ladenlokal. Jeder bestaunte den Ring, nur, abnehmen konnte Hanna den Ring nicht mehr. Mit jedem Tag, der verging, wurde Hanna schwächer. Erik bemerkte auch, dass seine Frau schneller alterte. Die Haut veränderte sich. Beide suchten einen Arzt auf. Zu einer großen Untersuchung wurde Hanna in ein Krankenhaus eingewiesen. Man fand nichts.

Die Ärzte vermuteten eine Überarbeitung. Mit einer Gesichtscreme versuchte Hanna gegen die immer stärker werdenden Falten anzugehen. „Es wird wohl die Sonneneinstrahlung auf dem Feld sein, ich hätte auch besser einen Strohhut tragen sollen", sagte Hanna beim Abendessen zu Erik. Erik fiel im Laufe der Zeit auf, dass Hanna nicht schwächer wurde, sondern sie veränderte sich rein körperlich. Hanna ging gebückter, ihr Haarwuchs verstärkte sich, die Haut wurde blasser, aber Hanna entwickelte eine enorme Kraft. Kartoffeln, die sie in die Hand nahm, zerquetschte sie locker. Trotzdem verkaufte Hanna noch im Ladenlokal. Erstaunlicher Weise veränderte sich auch ihre Kundschaft. Nicht so gravierend, nicht so schnell, aber sie veränderte sich.

Erik erschrak eines Nachts, als Hanna im Traum Worte stammelte, die er nicht verstehen konnte, auch die Stimmlage änderte sich. „Rusch kermonex Komenex!", sagte sie mit tiefer Stimme. Erik rüttelte seine Frau wach. Morgens stand Erik müde und gebrochen auf. „War das eine Nacht", sagte er zu seinem Spiegelbild. Aber Erik erkannte sich kaum wieder. Seine Haut war schrumpelig, seine Haare enorm gewachsen. Ganz gleich, ob er seine Zahnbürste oder den Rasierer in die Hand nahm, er zerdrückte alles zu Staub.

Die Ereignisse überschlugen sich von nun an. Erik ging zum kleinen Ladenlokal. Auf dem Weg dorthin verabschiedete sich Frau Sörensen mit den Worten: „Norex rusch demeto!" Erik antwortete: „Rusch kermonex Komenex rieh!" Weitere Kunden verabschiedeten sich. Sie zogen schließlich von Schweden weg. Sörensens gingen nach England. Die Lornsens nach Frankreich. Nils und seine Familie zog es nach Spanien. Am Abend gab es wieder Bratkartoffeln und Köttbullar. Hanna und Erik unterhielten sich, aber nun in einer anderen Sprache. Damit wir alle daran teilnehmen können, hier die Übersetzung: „Unsere Lebensform ist nun eingegliedert! Sobald sich die Körper an unseren Geist und Gestalt gewöhnt haben, können wir noch viele Jahre hier Leben und uns fortpflanzen!", sagte Hanna. „Ja, unsere ach so kleine Welt, der Tepto, das ist extrem kleiner als Milli, Piko und Nano, kann endlich wieder existieren!", fügte Erik hinzu. Der Ring war ein kleines Raumschiff mit weiteren Besatzungsmitgliedern, löste sich von Hannas Finger. Es blieben nur ein Dutzend kleiner Einstiche übrig, die wieder heilen würden. Die Lichter strahlten hell, das Raumschiff hob ab, um neue Welten zu besiedeln ... Ja, sie sind unter uns!

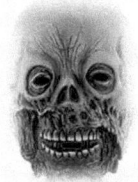

Der Schrecken der Nacht

Inspektor Tom Bloom fuhr wie jeden Morgen durch den Stadtteil Chinatown, um nach zwielichtigen Gestalten Ausschau zu halten. Sein Assistent Jeff Nixon war immer bei ihm. Tom regte sich ständig über ihn auf, denn dessen Art Kaugummi zu kauen, hatte der in den dreißig Jahren, die er mit ihm Dienst schob, nicht abgelegt. Plötzlich eine Durchsage: „Fahrt schnell in den Hyde Park, dort ist wieder eine Person tot umgefallen." Tom Bloom und Jeff Nixon fuhren sofort los. Nixon meinte: „Wieder jemand, der sich einen Streich erlaubt hat. In den letzten Monaten starben viele Menschen aus heiterem Himmel, einfach so. Sie müssen aber vorher noch etwas gesehen haben. Denn ihre aufgerissenen Augen deuten auf ein schreckliches Erlebnis hin." Was erwartete nun Tom Bloom und Jeff Nixon im Heyde Park? Drüben in Down Town lag ein junges Ehepaar tot, mitten auf dem Gehweg, in einer Seitenstraße. Eng umschlungen, ja fast schon ineinander verkrampft, mit weit vor Angst aufgerissenen Augen. Der Inspektor und Jeff stiegen aus ihrem alten Caddy aus und gingen zu der Stelle, an der das Pärchen lag. Entsetzen lag in Blooms Augen, als er die Leichen sah. Da war nicht nur das junge Paar, dort lagen auch zwei kleine Kinder, ebenfalls mit weit aufgerissenen Augen.

Seit Monaten riss diese Serie nicht ab. Was war hier los? Im Police Departement angekommen, setzten sich Bloom, Nixon und die anderen zusammen. Sie beratschlagten was zu tun sei. Keiner konnte einen konkreten Vorschlag machen. Nur eines konnten sie ausschließen: Mord und Diebstahl. Auch durch Krankheit oder Altersschwäche umgekommene Personen kamen nicht in Frage.

„Zuerst einmal muss der Hyde Park bewacht werden", meinte Jeff. „Am besten Tag und Nacht. Wir könnten ja versteckt an verschiedenen Stellen Nachtsichtkameras aufstellen, sodass man sie nicht bemerken kann." Inspektor Nixon und seine Leute fanden die Idee großartig, meinten aber: „Die Todesfälle sind doch in verschiedenen Stadtteilen vorgekommen und Boston ist nicht gerade eine kleine Stadt. Alles kann bestimmt nicht überwacht werden." Tom Bloom ärgerte sich über ständige Zweifler und schimpfte lautstark: „Verdammt noch mal, ihr Pfeifen, wenn wir nichts tun, kommen wir nie dahinter was hier passiert. Ich will euer Gejammer nicht hören, fangt endlich an. Ich will so schnell wie möglich Ergebnisse auf dem Tisch liegen haben. Und Sie Nixon, nehmen Sie endlich den Kaugummi aus dem Mund."

Am Abend wurden Kameras im Park verteilt. Sie waren so klein, dass man sie nicht sehen konnte. Am Tag darauf war die Enttäuschung groß, denn es war – wie zu erwarten – nichts zu sehen. Ein Raunen und Seufzen war zu hören. „Mein Gott, bitte meine Herren, etwas Geduld müssen wir schon haben."

Zwischendurch, wieder ein Anruf. Abermals, schon das zehnte Mal in einem Monat, dass ein Mensch zu Tode gekommen war. Der Inspektor und Jeff Nixon ließen alles stehen und liegen und fuhren sofort los. „Haben Sie noch Worte für das was hier passiert, Jeff?" „Nun, ich kann mir absolut keinen Reim daraus machen." Als sie ankamen lag da ein junger Mann. Wieder hatte der Tote weit aufgerissene Augen. Die Leute müssen kurz vorher etwas Schreckliches gesehen haben, denn auch die Haare der Leichen waren stellenweise grau. Im Caddy unterhielten sich die beiden: „Hören Sie mal Jeff, wenn Ihnen meine Art auf den Nerv geht, dann sagen Sie es bitte. Ich meine es nicht böse, wissen Sie." Tom Bloom grinste breit übers ganze Gesicht. „Aber Chef, ich weiß doch wie Sie es meinen", sagte Nixon. „Übrigens können Sie du zu mir sagen, denn ich glaube, dass was wir zusammen schon erlebt haben, hat uns irgendwie zusammengeschweißt", meinte der Inspektor. „Aber mit dem Kauen hörst du auf, Jeff, ja?" Er lachte dabei herzlich.

Wieder vergingen Tage des Wartens und auf den Kameras war immer noch nichts zu sehen. „Scheiße, Mann!", schrie Bloom. „Das ist doch nicht möglich."

Aus anderen Stadtteilen gingen Anrufe in China Town ein. Inspektor Bloom wurde hellhörig und ungehalten gleichzeitig. „Was gibt's denn bei euch Neues!", schrie er fast hysterisch in die Muschel des Telefons. „Nur die Ruhe Tom, ich bin es, Jim Tailer aus Dorchester." „Ach du bist es, Jim, entschuldige meinen Tonfall, bin ein bisschen überarbeitet, nach dem, was hier in den letzten Monaten passiert ist, kein Wunder." „Tom hör' mir mal aufmerksam zu, es ist wichtig, was ich nun sage. Bei mir ist gerade gemeldet worden, dass mehrere Leute während eines Spaziergangs eine Totenkopfgestalt gesehen haben wollen. Muss grausam gewesen sein. Rote Augen, zirka 1,90 Meter groß und breit grinsend. Ich kann mir gut vorstellen, dass man da vor Schreck tot umfallen kann. Wenn es das ist, was ich vermute." „Gut, danke Jim, ich bin froh dass du angerufen hast, so haben wir wenigstens einen Anhaltspunkt. Wir werden sehen, ob was an der Geschichte dran ist." Tom legte kreidebleich den Hörer auf und rief Jeff zu sich. „Brauchst mir nichts zu sagen Tom, ich hab alles mitgehört. Jetzt müssen wir wirklich alles daran setzen, um die Sache aufzuklären.

Nur Geister und Knochenmänner lassen sich sehr schlecht einfangen", witzelte Nixon. „Eigentlich glaube ich nicht an so was", sagte der Inspektor. „Leider müssen wir der Sache nachgehen."

Einige Tage später bekam Tom Bloom einen Anruf. Er wusste schon, was jetzt kam. Es wurde wieder eine Leiche gefunden – in der Nähe der Howard University. Eine junge Studentin, sie hatte noch alles vor sich. Was führte dieses Monster im Schilde, was bezweckte es und wer war es? Tom und Jeff warfen sich in den alten Caddy, sodass die Stoßdämpfer ein lautes Knacken von sich gaben. An der University angekommen, sahen sie das junge Mädchen auf dem Gehweg liegen. Die Augen quollen dem armen Ding aus dem Kopf. Das Grauen war im Gesicht des Mädchens zu erkennen. Ein zusammengefaltetes Stück weißes Tuch lag daneben. Der Inspektor faltete das Tuch auseinander und hätte fast vor Schreck alles fallen gelassen. Mit Blut stand dort geschrieben: „Ich, Natas, werde die Welt für mich gewinnen. Niemand von euch wird jemals eine Chance haben. Ach was seid ihr doch ein dummes Erdenpack. Ich verkörpere das Böse in Form von vielen Gestalten. Ihr werdet es nicht schaffen, mich zu bekämpfen. Ich werde immer gewinnen. Natas wird nie unter gehen ha, ha, ha!"

Auch Jim Tailer aus Dorchester musste mit dem Bösen Bekanntschaft machen. Eines Abends, er hatte Dienstschluss, ging er zu Fuß nach Hause. Sein Dienstwagen war zur Inspektion. Es war stockdunkel, denn in dieser Gegend waren immer sämtliche Laternen zerstört. Kein Wunder, denn hier lebte der letzte Abschaum. Trotzdem Jim den Weg zu seiner Wohnung mit geschlossenen Augen finden würde, hatte er auf einmal panische Angst. Ihn verließ der Mut. Er hörte hinter sich ein eigenartiges Geräusch. Er drehte sich um und vor ihm stand ein 1,90 Meter großer Knochenmann mit glutroten Augen und einem Bischofsstab in der gruseligen Hand mit den langen Knochenfingern. Er grinste breit und lachte hämisch. „Hab ich dich endlich du Taugenichts. Was hast du denn schon in deiner gesamten Polizisten Laufbahn erreicht? Wie viele Fälle hast du aufgeklärt? Ich muss lachen. Ich glaube, wohl kaum der Rede wert. Jetzt hörst du mir einmal gut zu Jim Tailer." Jim war standhaft, obwohl ihm fast schwarz vor den Augen wurde, riss er sich zusammen, denn er musste einen klaren Bericht abliefern. Wenn er überhaupt noch dazu kam. Die Gestalt sprach mit einer krächzenden, boshaften Stimme: „Wenn ihr nicht aufgebt, hinter uns herzujagen, wird euch Schlimmes widerfahren. Ihr werdet genau so elendig sterben, wie alle anderen vor euch.

Auf dieser und auf anderen Erden werden wir immer die Mächtigsten sein, merke es dir. Nach uns und neben uns kommt nichts mehr. Es wird die Zeit kommen, da werdet ihr uns Kirchen bauen und uns anbeten."

Tailer war starr vor Angst und sackte zusammen.

Als er wieder aufwachte, fand er sich auf einem Schrottplatz wieder, zwischen alten Autos, die schon auf dem Weg in die Presse waren. Kriechend schaffte er es, sich aus den Schrottbergen zu retten. Er kroch noch ein Stück und versuchte sich aufzurichten. Zum Glück hatte er sein Handy noch und konnte Hilfe anfordern. Mit letzter Kraft rief er in der Zentrale an, bevor er das Bewusstsein verlor. Einen Tag später saß er wieder in seinem Büro in Dorchester und rief Tom Bloom in China Town an: „Tom, bist du dran?" „Ja, was gibt es neues, Jim?" „Hier ist die Hölle los, sprichwörtlich gesagt. Viele Tote und diese Knochentypen haben wir noch nicht persönlich kennengelernt. Aber er hat einen Stofffetzen hinterlassen mit blutiger Aufschrift." Tom Bloom las seinem Freund und Kollegen vor, was darauf geschrieben stand. „Kannst du damit was anfangen, Jim?" „Tom ich weiß nicht, wie ich es dir sagen soll, aber mir sitzt die Angst noch im Nacken. Ich habe gestern Abend mit dieser unheimlichen Gestalt Bekanntschaft gemacht. Fand mich dann auf einem Schrottplatz wieder und konnte mich gerade noch vor der Schrottpresse retten.

So etwas Grausames möchte ich nie wieder erleben. Er drohte mir, wenn wir nicht aufhören, ihn zu bekämpfen, würde uns Schreckliches geschehen."

„Jim, jetzt beruhige dich wieder", sagte Tom Bloom. „Ich glaube, wir müssen hier in meinem Büro dringend eine Krisensitzung abhalten. Unsere Leute und wir beide müssen einen Plan aufstellen, nach dem wir vorgehen. Schließlich geht es hier um eine ganze Stadt, die Schutz braucht." „Du sagst es Tom. Ich schlage vor, wir alle treffen uns hier morgen früh, dann sehen wir weiter. Geht das für euch klar Jim?" „Ja, okay, wir kommen." Chinatown lag an diesem Morgen im Frühnebel. Alles war ruhig, niemand auf den Straßen, nur im Büro von Inspektor Tom Bloom war die Hölle los. Das nicht gerade große Büro quoll über mit Leuten. Sie trafen sich an diesem Tag wie besprochen, um einen Plan auszuarbeiten. Die furchtbare Gestalt musste endlich zur Strecke gebracht werden. Jim Tailer und seine Leute hörten aufmerksam zu, was Bloom und Nixon ihnen zu sagen hatten. „Leute, wir haben euch hier zusammenkommen lassen, weil die Situation kritisch ist", sagte Tom. „Viele Menschen sind in Boston in den letzten Monaten ums Leben gekommen. Es waren keine Morde, dass wissen wir nun.

Der Schreck und der Horror ließen sie einfach sterben. Wenn Jim nicht so starke Nerven gehabt hätte, wäre auch er jetzt in den ewigen Jagdgründen verschwunden", sagte Jeff.

„Nun, was haben wir an Anhaltspunkten?", bemerkte Tom. „Es ist eine sehr große Gestalt, besser gesagt ein Skelett. Es hat blutrote Augenhöhlen und trägt einen Bischofsstab in der rechten Knochenhand. Der Teufel höchstpersönlich."

Jim wurde nachdenklich: „Einen Bischofsstab? Sicher, jetzt erinnere ich mich wieder. Wir müssen herausfinden wer diese Gestalt mal war. Offensichtlich ein Bischof." „Jim, du durchforstest sämtliche Kirchenregister unserer Stadt. Du Jeff, gehst mit mir ins Stadtarchiv. Wir müssen unbedingt Klarheit schaffen. Okay Leute, an die Arbeit, wir dürfen keine Zeit verlieren. Wir treffen uns in zwei Tagen wieder hier und ich hoffe, ihr kommt mit Neuigkeiten zurück!" Jedoch die Tage verstrichen ohne Ergebnis.

„Fast alle Kirchen haben wir durch, nur eine einzige, da kommen wir so schnell nicht ran." „Warum nicht?", brüllte Tom ungehalten. „Sie steht im Verruf, dass dort vor 100 Jahren schwarze Messen abgehalten wurden. Ein Bischof, mit Namen Paulus soll dort das Sagen gehabt haben. Er wohnte in diesem Gebäude und starb während eine Messe abgehalten wurde. Man sagt, der Teufel selbst habe ihn damals geholt."

Tom fragte vorsichtig, aus Angst sich wieder im Ton zu vergreifen: „Jim, habt ihr denn herausgefunden, wo sich diese Kirche befindet? Hat sie Bestandschutz?" „Ja, Tom, die Kirche liegt weit außerhalb von Boston, schwer zu finden, steht aber nicht unter Bestandschutz. Viele Leute, die wir befragt haben, wollen des Öfteren nachts dort Licht gesehen haben und eine Gestalt, die Gebete in einer völlig fremden Sprache spricht." „Mein Gott!", schrie Jeff hysterisch los, „ich glaube, ich verliere die Nerven. Das ist ja der reinste Horrorfilm." „Ja, Jeff das ist es wohl.", meinte Jim Tailer.

Die Inspektoren beschlossen, diese unheimliche Kirche aufzusuchen und zu inspizieren. Einige Tage später war es soweit. Alle trafen sich wieder in Tom Blooms Büro. „Leute, habt ihr euch gut vorbereitet?", fragte er. Er versuchte immer noch gute Miene zum bösen Spiel zu machen. Jeff schob sich vor Aufregung einen Kaugummi nach dem anderen in den Mund. Seine Backen erschienen so dick, als wenn man ihm ins Gesicht geboxt hätte. Tom verkniff sich diesmal seine dummen Bemerkungen. Die Situation war zu ernst. Da wollte er sich nicht mit solchen Lappalien herumärgern. Sie fuhren los. Die Fahrt war lang und es wurde bereits dunkel, als sie endlich ankamen. Eine alte Kirche tauchte auf. Sie war aus dem 16. Jahrhundert und machte schon von weitem einen gruseligen Eindruck.

Man konnte das Grauen förmlich spüren. Die Männer öffneten langsam die Tür. Tom hatte eine Pistole bei sich, die mit silbernen Patronen geladen war. Jeder der Männer hatte ein silbernes Kreuz bei sich. Aber, was noch wichtiger war, Sprengstoff um, wenn es ganz schlimm kommen sollte, das Gebäude in die Luft zu jagen. Die Atmosphäre war erdrückend. Schwerer Weihwassergeruch vermischt mit etwas Undefiniertem waberte in der Luft. Der Altar war schwarz und das darüber hängende Kreuz verkehrt herum aufgehängt. Schwarze Kerzen leuchteten in der Dunkelheit. Tom, Jeff und Jim waren erst einmal allein.

Alle anderen Männer schoben draußen Wache. Eine angsteinflößende Stille machte sich breit. Plötzlich erhob sich aus dem Nichts heraus eine Gestalt. Es wurde immer unheimlicher. Bischof Raulus, der schon vor 100 Jahren starb, stand nun in voller Größe hinter dem Altar. „Was wollt Ihr hier?", krächzte er. „Wir wollen dich vernichten, du hast viele Menschen auf dem Gewissen, die unschuldig sterben mussten." „Ich hasse euch!", entgegnete der Bischof. „Ich habe mich damals dem Bösen zugewandt, weil man mir ewiges Leben versprach, wenn ich es schaffen würde, die Menschen zum wahren Glauben zu führen. Ich versuche es immer wieder und wer nicht mitziehen wollte, musste sterben. Der Teufel wird auf dieser Erde die Oberhand gewinnen, da könnt ihr nichts gegen tun, ha, ha. Menschen sind beeinflussbar. Man kann sie manipulieren.

Genau das werde ich tun und wer sich mir in den Weg stellen will, der muss sterben. Nun zieht wieder von dannen, ihr dummes Menschenpack, bevor ich euch erledige."

Tom Bloom, Jeff Nixon und Jim Tailer zögerten nicht lange, gaben den Männern ein Zeichen und feuerten mit ihrer silbernen Munition los. Gezielt trafen sie Raulus ins Herz. Zuerst lachte er noch höhnisch und alle sahen die Situation als aussichtslos an. Doch er sackte langsam zusammen. Tailer drückte ihm das silberne Kreuz auf die Brust. In diesem Moment zerfiel der Körper des Bischofs zu Staub. Nichts erinnerte noch an ihn. Tom sagte: „Zur Sicherheit werden wir noch die Kirche in die Luft jagen." Sie legten den Sprengstoff aus, verkabelten alles und machten dem Spuk endgültig ein Ende. Die Menschen in Boston konnten wieder ohne Angst auf die Straße gehen. Inspektor Bloom und Jeff Nixon kämpften weiterhin gegen die Gefahren aus der Unterwelt an.

DIE EIGENARTEN DES FRANK BERGER

Montags ging er brav in sein Büro am Kurfürsten-Damm. Berlin war seine Heimat und hier wollte er sterben. Seine kleine Wohnung lag in einer schmuddeligen Seitenstraße. Ihm war es eigentlich egal, denn am Abend war er ein anderer Mensch. Tagsüber ein hagerer Mann, immer korrekt gekleidet, höflich seinen Mitmenschen gegenüber. Ein Biedermann im wahrsten Sinne des Wortes. Frank Berger war Angestellter bei einer kleinen Möbelfirma. Er verdiente nicht schlecht und war zufrieden mit seinem Leben. Nur am Abend, war er nicht mehr der Frank Berger, den alle kannten und respektierten. Er erschien vollkommen verändert. Auffällig waren seine Kleidung und sein verändertes Wesen. Auch sein Erscheinungsbild war nicht mehr so wie sonst. Er entpuppte sich abends als reicher Lebemann mit einem miesen Charakter. Niemand erkannte ihn wieder. Auch seine Stimme veränderte sich. Jedenfalls war er nicht mehr der liebenswerte und freundliche Herr Berger von nebenan.

Er ging jeden Abend aus dem Haus, um seinem Playboy-Leben nachzugehen. Keiner durfte ihn ansprechen. Er reagierte sofort aggressiv und pöbelte die Leute an. Er krakelte laut schallend und lachte höhnisch, wenn er wieder mal jemanden beleidigt hatte. Er machte jeden fertig, der sich ihm in den Weg stellte.

Wer war dieser Mann? Er kam immer aus der Wohnung von Frank Berger und am nächsten Morgen war er verschwunden. Berger ging wie gewohnt aus dem Haus, grüßte alle freundlich und erfreute sich an der Natur. Nur, dass er seit Monaten in einem kleinen Labor arbeitete, das er sich vor ein paar Monaten eingerichtet hatte, wusste keiner. Franz Berger hatte sich immer schon für Chemie interessiert und wollte eine Flüssigkeit entwickeln, die ihm ein junges Äußeres gab. Jeden Abend, wenn er nach Hause kam, trank er von dieser grünlichen Substanz. Eigentlich hatte er sich die Wirkung nicht so vorgestellt. Aber aus dieser Nummer kam er nicht mehr raus. Wollte er auch nicht. Zu schön waren die Stunden in einem anderen Körper. Man achtete ihn, hatte Angst und machte ihm den Weg frei, wenn er kam. Er war auf Partys gern gesehener Gast und schmiss das Geld zum Fenster heraus. Nach und nach gingen seine Ersparnisse dabei drauf. Wenn er nicht stoppte, würde er sich selbst ruinieren. Leider hatte sich sein Körper an die Flüssigkeit gewöhnt und die Wirkung ließ bereits nach wenigen Stunden nach. Immer mehr musste er davon schlucken, um länger der sein zu können, der er immer sein wollte. Nach einiger Zeit wurde sein Körper jedoch schwächer und seine Geldreserven waren aufgebraucht. Was tat er nur? Was hatte er sich angetan?

Er musste sich mehr von dem Mittel herstellen, denn sein Körper funktionierte nur noch am Abend, wenn er diese Horrortropfen zu sich nahm. Burger vermittelte überall den Eindruck, reich und einflussreich zu sein. Wo er auch hinkam, krochen ihm die Menschen zu Füßen. Sie hatten Angst vor seinem Wesen. Machte man nicht das, was er wollte, wurde er boshaft und unberechenbar. Er hatte keine Angst um sein Vermögen. Jedoch war es fast aufgebraucht. Aber das Gefühl, überall Kredit zu haben, war einfach berauschend. Nur, was war mit seinem Körper geschehen?

Morgens in der Firma fielen ihm die Augen zu. Er konnte sich nicht mehr konzentrieren. Nein, so wollte er nicht leben, dass wollte er nicht. Jetzt hatte sich sein Körper an den Zustand gewöhnt und brauchte immer mehr davon, um nur halbwegs zu funktionieren. Am Abend, als er sich in dieses Monster verwandelte, hatte sich auch sein Denken verändert. Er wurde immer boshafter und schreckte vor nichts mehr zurück. Eines Abends im Sommer lauerte er einem Mann auf, der gerade nach Hause gehen wollte. Er kam aus einem Geschäft, ging über die Straße und musste durch einen Park. Er schlug ihm mit einem riesigen Knüppel den Schädel ein. Er kniete sich neben die Leiche und stahl alles, was der junge Mann in seinen Taschen hatte. Grausam war Burgers Gesicht verzerrt.

Speichel rann ihm aus den Mundwinkeln. Er lachte höhnisch, stand auf und verschwand mit seiner Beute. Etwas Bargeld, eine Uhr und ein kleines Bild einer jungen Frau. Laut lachend und bösartig grinsend humpelte Berger davon. Die Polizei fand heraus, dass der Mann recht junger Student war, der am Abend des Mordes seine Freundin besuchen wollte. „Grausam!", sagte Kommissar Helmut Wolf. „Dass es so etwas in unserer Zeit noch gibt. Diese perversen Menschen sollte man öffentlich hängen." Sein Kollege, Michael Holtkamp, musste sich abwenden, denn sonst hätte er sich übergeben müssen. Die Leiche war von der Kehle bis in den Schambereich aufgeschlitzt. Die Eingeweide hingen heraus, das Herz war herausgerissen und lag daneben. „Mein Gott", sagte der Kommissar, „welches Untier war den hier am Werk?" „Der Mörder muss blutbesudelt gewesen sein. Ein Geisteskranker ist wohl noch milde ausgedrückt", meinte Holtkamp. Sie ließen den Toten oder das, was von ihm noch übrig war, abtransportieren.

Berger wurde am anderen Morgen wach und fand sich blutverschmiert vor. Alles klebte in seinem Bett vom Blut. Neben seinem Bett lagen die Uhr des Ermordeten und das Bild von dessen Freundin. Was war geschehen? Entsetzt schaute Frank Berger in den Spiegel. Auch hier sah er ein blutverschmiertes Gesicht.

Er bekam Angst. Angst vor sich selbst und vor dem, was er getan hatte. Nach dem Bad ging er wie jeden Morgen zur Arbeit. Niemand ahnte etwas.

Noch nicht mal Berger vermutete, so eine grausame Tat begangen haben zu können. Mittlerweile musste er sich am Abend mit der dreifachen Menge dieses Mittels zu dröhnen, damit er funktionieren konnte. Nach seinen Gräueltaten fiel er in einen dermaßen tiefen Schlaf, dass er sich noch nicht einmal an die kleinste Kleinigkeit erinnern konnte. Die Angestellten in seiner Firma schauten sich in der Pause jedes Mal die Nachrichten an und riefen ihn: „Frank, komm doch mal her, schau dir mal an was ganz in der Nähe deiner Wohnung in der letzten Nacht geschah. Ein bestialischer Mord ist ein paar Straßen weiter geschehen. Dabei kam es dem Täter wohl weniger auf die Beute an, sondern auf den Mord selbst. Laut Polizei muss der Mörder eine wahnsinnige Lust verspürt haben, als er dem Mann den Leib aufschnitt. Er riss ihm sogar das Herz heraus." „Nein", sagte Berger entsetzt. „Das habe ich nicht mitbekommen, denn in letzter Zeit schlafe ich sehr tief." Berger schwante etwas. Das viele Blut in seinem Bett und an seinem Körper, wo kam es her? Ihm wurde mulmig und er bekam Angst. Sollte er etwa? Nein, nein, das wies er weit von sich. Das konnte nicht sein.

Der Feierabend rückte näher und Frank konnte es kaum erwarten, in seine Wohnung zu kommen. Ein eigenartiges Gefühl überfiel ihn schlagartig. Er zitterte am ganzen Körper und schluckte mit der letzten Energie sein Elixier herunter, das ihn innerhalb kurzer Zeit in ein mieses Monster verwandelte. War er zu Anfang ein Lebemann, der in eleganter Erscheinung auftrat, so war er jetzt ungepflegt, schmutzig, der Speichel lief ihm aus dem Mund und sein hämisches Lachen konnte man meilenweit hören. Er stolperte mit einem unkoordinierten Gang aus dem Haus. Es war schon dunkel. Er brauchte dringend Geld, denn seine Bank gab ihm nichts mehr und außerdem brauchte er noch etwas anderes: Blut, viel Blut. Er berauschte sich daran, wenn es aus einem Körper spritzte und er das Herz herausreißen konnte. In diesem Zustand scherte er sich nicht einmal darum, ob man ihn sah oder nicht. Die Gier, die ihn trieb, war stärker und musste schnell befriedigt werden.

Er stolperte mitten in der Nacht durch halb Berlin. Die Straßen waren leer. Nur eine junge Frau wurde mit einem Taxi nach Hause gebracht und Berger beobachtete sie. Seine Schnelligkeit in diesem Zustand war unglaublich, denn innerhalb von Sekunden war er an ihrer Wohnungstür.

Er hielt ihr den Mund zu, als sie versuchte zu schreien. Sie war Kellnerin, die sich auf ihren Feierabend freute. Wieder fand sich Frank Berger am nächsten Morgen in einer Blutlache wieder. Er wurde stutzig. Das konnte er doch nicht geträumt haben, dachte er. Sogar an seinem Mund war Blut, als wenn er in etwas Blutiges gebissen hätte und es wäre ihm dann heruntergelaufen. Wieder waren Holtkamp und Wolf beauftragt den Fall zu klären. Und wieder standen sie vor einem Rätsel. So grausam konnte doch kein Mensch vorgehen. Wolf sagte: „Noch so ein Fall und ich schmeiß hier alles hin, ich will so was nicht mehr sehen." Es übertraf ihre schlimmsten Fantasien, was sie da sahen. Der Toten wurde zuerst der Schädel eingeschlagen, dann schlitzte der Täter sie auf und ließ sie ausbluten. Dann riss er ihre Leber und das Herz heraus. Das Herz musste er wohl mitgenommen haben, denn es war weg. Berger bekam panische Angst. Sollte er etwa? Er musste es glauben, denn nun fand er in seinem Bett ein Stück eines menschlichen Herzens. Schnell musste er handeln, solange er noch in der Lage dazu war. Er schrieb einen langen Brief an die Polizei. In diesem Brief stand: „Ich habe dem Grauen ein Ende bereitet. Leider hat mich meine Experimentierfreude zu einem bestialischen Mörder gemacht. Es tut mir leid was passiert ist.

Da ich Angst habe, heute Abend wieder als mordendes Monster durch Berlin zu ziehen, werde ich dem ein Ende setzen. Die Flüssigkeit, die sie in den Reagenzgläsern finden werden, hat mich zu diesem Tier werden lassen. Ich brauchte immer mehr davon und verwandelte mich im Laufe der Zeit in das blutgierige Tier. Nun werde ich gehen und niemand wird jemals wieder Angst haben müssen. Ich will noch sagen, dass jeder versuchen sollte, mit dem was er ist und was er hat, zufrieden zu sein und nicht Dingen hinterherzujagen, die man nicht haben kann. Mich und andere Menschen hat es das Leben gekostet."

DIE KATHEDRALE DES GRAUENS

Auf einem Hügel im Spessart stand eine schöne alte Kathedrale im gotischen Stil erbaut. Sie war aber auch angsteinflößend. Rings umher nur tiefer Wald und Einsamkeit. Niemand traute sich in die Nähe dieser Kirche, denn es waren grausige Geschichten im Umlauf. Es hieß, dass dort immer um Mitternacht der Glockenturm betätigt wurde und leiser monotoner Gesang zu hören war. Fred und Angelika Neumann machten schon seit Jahren im Spessart Urlaub, doch bisher war ihnen nichts dergleichen zu Ohren gekommen. An einem warmen, sonnigen Urlaubstag wollten sie diesen Hügel erklimmen und sich umsehen. Eigentlich waren die Neumanns realistische Leute, die nicht an fantastische Geschichten glaubten. Fred und Susanne Neumann machten sich auf den Weg. Die Kirche lag einsam auf einem Hügel. Niemand ahnte wirklich, was sich dort abspielte. Die Leute in der Gegend erzählten sich die schlimmsten Geschichten. An einem besonders warmen Sommerabend gingen sie hinauf zur Kathedrale. Es dämmerte schon etwas. Im Halbdunkeln sah die Kirche furchteinflößend aus, obwohl sie auf der anderen Seite sehr schön war. Grelles Licht schien durch die eingestaubten Fenster. Aber, wie ist das möglich, zudem seit hunderten von Jahren keiner mehr dort oben war?

Nur hin und wieder kam jemand, der nach dem Rechten sah. Langsam schob Fred den schweren Eisenriegel zur Seite. Es knarrte und quietschte verdächtig. Die schwere Eichentür ging von alleine auf. Susanne ging langsam hinter Fred her. In der Kirche war alles hell erleuchtet. Woher kam dieses Licht? Elektrizität gab es hier nicht. Es brannten sechs Fackeln, die an der Wand rings um den Altar befestigt waren.

Eine unheimliche Atmosphäre war zu spüren. Wie angewachsen standen sie da. Sie wollten wieder gehen, aber irgendwas hinderte sie daran. Plötzlich durchdrang eine grausame Stimme den ganzen Kirchenraum. Sie flüsterte: „Kommt doch näher, hi, hi, hi. Ihr seid sowieso verloren. Wer einmal seinen Fuß in diese Kirche setzt ist für immer verloren." Starr vor Schreck stand das Ehepaar nun da und beide zitterten am ganzen Körper. „Hätten wir uns nur nicht überreden lassen, hierher zu kommen", sagte Fred. Nun war eine zweite, noch grausamere Stimme zu hören: „Ich bin Satan, Herrscher der Hölle. Diese Kathedrale ist seit mehr als 400 Jahren verflucht. Niemand durfte je einen Fuß über diese Schwelle setzen. Ihr habt es getan und werdet bezahlen." Die junge Frau bekam einen solchen Schreck, dass sie tot umfiel. Ihr Herz blieb einfach für immer stehen.

Fred schrie laut und verzweifelt: „Bitte steh auf, komm zurück!" Aber sie hörte ihn nicht mehr.

Ein irres Lachen war zu hören: „Ha, ha, ha, ich sagte euch doch, hier kommt keiner lebend heraus." Ralf weinte und kniete vor seiner Frau, die am Boden lag und rief: „Wer spricht da?" Satan antwortete: „Eine Nonne, die vor vielen Jahren in meinem Namen schwarze Messen abgehalten hat. Sie konnte hunderte von Menschen dazu bringen, mich anzubeten. Leider verriet sie mich, als sie zum Gottesglauben zurückging und musste dafür sterben. Weil sie nicht zur Ruhe kommen kann, spukt ihr Geist heute noch umher. Sie wurde unter dem Altar eingemauert." Fred versuchte mit ruhigen Worten zu antworten: „Wenn du der Allmächtige bist, kannst du bestimmt auch meine Frau wieder lebendig machen." „Ja, das könnte ich", antwortete er. „Wenn ich sie wieder bekommen kann, werde ich alles dafür tun. Sag mir was ich machen soll." „Ha, ha!", antwortete Satan. „Hast du dich nun der Hölle verschrieben?" „Wenn es nicht anders geht, dann werde ich es tun", sagte Fred. Es machte sich ein schwefeliger Gestank in der ganzen Kirche breit. Es erschien eine Gestalt, die den blanken Horror darstellte und noch schlimmer. Rote, blutunterlaufene Augen, das Gesicht eine einzige Fratze. Blut und Schleim tropfte aus einem Schlitz, der den Mund darstellen sollte.

Die Haut hing in Fetzen herunter. Statt Füßen waren riesige Krallen zu sehen. Da wo normalerweise Hände waren, hingen ebenfalls Krallen herab. Der Teufel persönlich stand hinter ihm. „Du bist hier in die Kirche gekommen, aber du wusstest nicht, dass du sie nicht betreten darfst. Deine Frau musste sterben. Ja, du kannst es wieder rückgängig machen. Schließe dich mir an und du wirst sehen, deine Frau lebt." „Was soll ich tun?", rief Fred. „Du wirst nun ein von mir vorgesprochenes Gebet nachsprechen: Herr der Hölle, all meine Gedanken und auch mein Tun, aber vor allem mein Leben gebe ich in die Hände Satans. Ab sofort werde ich mit den verstorbenen Seelen hier in der Kirche schwarze Messen abhalten. Für immer werde ich den König der Hölle verehren, ihm gehorchen und alles Irdische hinter mir lassen." Es wurde stockdunkel. In der Mitte des Altars loderte ein riesiges Feuer und hässliche Fratzen schauten heraus. Mit einem furchtbaren Gestöhne, Geschrei und Geheul sog dieses Feuer Fred in sich auf. Man sah ihn nie mehr wieder. Seine Frau erwachte, aber ihr Mann war auf ewig in den Tiefen der Abgründe verschwunden.

Die Puppe

Einen richtig tollen Urlaub erwartete Familie Weber in diesem Sommer auf der Insel Sylt. Heinz-Peter Weber hatte bereits im letzten Jahr gebucht. Die sieben Tage waren wunderschön und ein Wiederkommen zwingend angesagt. Tüchtig gespart hatten die Webers, jetzt konnten sie sich eine Ferienwohnung für 89 DM leisten. Der Sommer 1974 war sehr heiß. Den Ford Taunus ließ der Vater gleich auf dem hauseigenen Parkplatz der Ferienwohnung stehen. Mit weißen Handtüchern deckte Mutter Hilde das schwarze Armaturenbrett und das Lenkrad ab. Im heißen Sommer vor zwei Jahren hatte das Armaturenbrett Risse bekommen. Heinz-Peter ärgerte sich sehr über diesen Schaden. Nun, eigentlich tut dies alles nichts zur Sache. Aber dies: Marion hatte ihre Lieblingspuppe am Strand verloren. Die ganze Familie suchte den Strand in Westerland ab. Dabei wollte Marions Bruder Marius lieber am Strand eine Sandburg bauen. Vater und Mutter einigten sich, dass es besser sei, eine neue Puppe zu kaufen, als einen so herrlichen Tag mit Suchereien zu vergeuden. Gesagt, getan. Jetzt hatte Fräulein Susi, wie Marion ihre neue Puppe nannte, allerdings blonde Haare. Fräulein Susi mit den roten Haaren wurde bei Flut mit ins Meer gezogen.

Sie trieb direkt auf England zu. In Schottland, in der Nähe des Loch of Strathbeg, wurde die Puppe an die Küste gespült. Viele Vogel-, Insekten- und Säugetier-Arten sind hier beheimatet. Recht eigenartige Geschöpfe wollen Menschen hier schon gesehen haben. Aber Fräulein Susi hatte natürlich keine Angst. Zwischen zwei Felsen wurde die Puppe eingeklemmt. Leider hatte sie ein Auge verloren. Ein Organismus nutzte diese Gelegenheit und schlüpfte in die Puppe. Es dauerte gut und gerne 25 Jahre, bis etwas Eigenartiges passierte. Fräulein Susi bewegte Arme und Beine. Der Organismus formte seinen Körper in der Puppenhülle. Irgendwann befreite sich Fräulein Susi und schwamm in die Nordsee zurück, von dort aus in den Ozean in Richtung Amerika. Dabei paddelten Arme und Beine tüchtig. Das fehlende Glasauge ersetzte der Organismus durch sein eigenes Auge.

Über zehn Jahre war Fräulein Susi unterwegs, bevor die Reise am Strand von Boston endete. Jane Cormick joggte an diesem Tag am Strand. Ihr fiel die Puppe auf dem weißen Sand auf und sie nahm sie für ihre Tochter mit nach Hause.

Tochter Jennifer freute sich riesig über das Geschenk der Mutter. Jetzt war der Name der Puppe Mrs. Lovely. Jeden Morgen wunderte sich Jennifer, dass Mrs. Lovely in der Nähe des Fressnapfes ihres Hundes lag.

Langsam wurde der Kunststoffkörper der Puppe spröde und riss an vielen Stellen. Eines Nachts schlüpfte der Organismus aus der Puppe. Jennifer hielt Mrs. Lovely beim Schlafen fest im Arm. Der Organismus bestand aus einer schleimigen Masse. Über Jennifers Mund kroch er in ihren Körper. Zwei weitere Jahre vergingen. Jennifers Körper veränderte sich in dieser Zeit. Das nun neunjährige Mädchen war die Beste im Schwimmunterricht. Ihre Wirbelsäule wurde immer elastischer. Die Ärzte verstanden diese ganzen Symptome nicht. Jennifer konnte über zwei Liter Flüssigkeit am Stück trinken und musste keine Luft dabei holen. Ihre Bewegungen an Land wurden schlangenartig, im Wasser fühlte sich das Mädchen sehr wohl. So oft es ging, saß Jennifer am Strand und beobachtete die untergehende Sonne. Ihren Eltern lief immer ein kalter Schauer über den Rücken, wenn Jennifer davon sprach, dass sie irgendwann einmal für immer im Meer leben würde. „Bald werde ich euch verlassen müssen. Ich liebe euch. Aber das Meer ruft mich. Bitte versteht mich." Monate vergingen. Es war ein herrlicher Tag am Strand in der Nähe Bostons. Alle lachten und waren fröhlich. Plötzlich stand Jennifer auf. Sie sah auf das Meer, ging langsam darauf zu und drehte sich noch einmal zu ihrer Familie um, um ihnen ein Küsschen zuzuwerfen. Dann tauchte sie ins Meer ein.

Noch ehe Jennifers Familie alles realisieren konnte, verschwand die Tochter in den Weiten des Meeres. Eine sofort eingeleitete Suchaktion der Wasserschutzpolizei brachte keinen Erfolg, Jennifer blieb verschollen.

Eines Tages erhielten die Eltern von Jennifer eine Mail aus Schottland: „Hallo, wir haben gestern einen menschenähnlichen Körper am Strand gesichtet. Das Gesicht sah wie das Ihrer vermissten Tochter aus. Glauben Sie uns, wir haben nicht geträumt. Statt Armen und Beinen hatte es Flossen am Körper. Das Wesen schaute uns an und verschwand wieder im Meer."

HIER WIRST DU NICHT ALT

Lange waren die Delgados auf der Suche nach einem Haus am Rande der Stadt New York. Robert Delgado war Alleinverdiener. Seine Frau Liv konnte mit dem Einkommen gut umgehen, den Kindern Robert jr. und Donna fehlte es auch an nichts. Nun, das Ersparte reichte zwar nicht für die Innenstadt, aber etwas Außerhalb war für alle okay. Robert Delgado arbeitete am Flughafen in New York. Das neue Zuhause sollte nicht allzu weit entfernt liegen, Robert war ein Familienvater durch und durch. Außerdem waren die Winter manchmal sehr hart, einige Male musste Robert schon in einem Hotel übernachten, wenn der Schneesturm tobte. Heute fuhren sie von New York in den Norden, Richtung Boston. „Hier, Dad, ein Haus mit einem riesigen Spielplatz in der Nähe!", rief Donna und kurbelte die Scheibe des alten Fords herunter, um den Menschen zuzuwinken. Robert sah den Verkaufspreis und lenkte die Kinder mit den Worten ab, dass er doch lieber ein Grundstück mit Bäumen hätte, damit die Kinder im Sommer dort übernachten könnten. „Gute Idee, Dad!", rief Robert jr. und Liv kniff lächelnd ein Auge zu. In der nächsten Stadt sah Donna eine Schule und sehr gute Einkaufsmöglichkeiten, schließlich hatten sie nur dieses eine Fahrzeug.

Tatsächlich lag am Rande der kleinen Stadt ein etwas verstecktes Haus. „Der Preis ist gut, auch der lange Vorgarten, damit die Kinder nicht zu schnell an der Straße sind", sagte Robert zu Donna, „lass es uns anschauen." Das Preisschild sah ordentlich mitgenommen aus, nun, nicht nur das Preisschild, aber die Delgados setzten auf ihre Eigeninitiative. Handwerklich waren sie ein eingespieltes Team, obwohl die Kinder das ständige Suchen nach Hammer und Nägeln nervte. Die Hausbesichtigung schrie auch förmlich nach vielen Nägeln. Aber soweit schien alles okay zu sein. In der Nachbarstadt besuchten sie noch gleich den Makler, auch ein Motel war schnell gefunden. „Ich habe ein gutes Gefühl, vielleicht lässt sich noch etwas verhandeln", meinte Robert. John Smith hieß der Makler. „John Smith!", sagte Liv, „Fast wie in einem schlechten Gruselfilm, John Smith heißen sie alle!" Aber es stellte sich heraus, dass John Smith den Delgados sehr entgegen kam, den Kindern sogar Spielzeug für den Garten schenkte. Auch ein uralter Plüschbär war dabei. „Den nehme ich!", sagte Mutter Liv, „der kommt zu meiner Bärensammlung!" Sie kamen sich näher, ein paar Verhandlungen hier, eine Lieferung Dachpappe kostenlos dort.

Mr. Smith versprach, dass in drei Tagen der Strom angeschlossen würde. „Na, Kinder, das ist nun unser neues Zuhause", sagte ihr Dad.

Zurück zum Haus rief Robert gleich in der Flughafenzentrale an, um seinen Resturlaub zu nehmen. „Kein Kontakt! Dass es so etwas in der heutigen Zeit noch gibt!", brummelte er. Im Kaufhaus kauften sie alles Nötige für die Übernachtungen im neuen Haus, auch das Handy funktionierte hier. Im Haus wurden gleich die Zimmer eingeteilt, riesige weiße Laken lagen auf den Möbeln, zwar tüchtig eingestaubt, aber was hervorkam war eine Augenweide. „Allein die Möbel sind das Geld wert, sieht nach 1880 aus, da gab es noch Cowboys!", staunte Robert. „Au ja, komm' Schwester, wir spielen im Garten Cowboy und Indianer!", rief Robert jr. Der Abend begann mit einem Glas Wein aus Kalifornien, die Kinder schliefen schon. „Herrlich dieser Ausblick", sagte Liv und schmiegte sich in Roberts Arm. „Ja, und in zwei Tagen haben wir Strom, dann lebt das Haus", flüsterte Robert. An den beiden nächsten Tagen wurde ordentlich Hand angelegt. „Die Bank hat den Kauf abgewickelt", sagte Robert zu Liv. „Mr. Smith wird sich freuen, morgen fahre ich zu ihm!" Das Licht ging plötzlich an, Strom und Gas waren angeschlossen.

Wie Robert schon sagte, das Haus lebte nun, aber etwas anders, als er es wohl dachte. Den Abend verbrachten die Eheleute wieder auf der Veranda. „Gibt es noch Wein, Darling?", fragte Robert. Liv stand auf und wollte in die Küche. Sie streckte die Hand zur Verandatür aus, als sie plötzlich mit einem lauten Knarren durch die Verandabretter auf den Sandboden fiel. Ein scharfer großer Holzsplitter durchbohrte ihren Oberschenkel. Robert zückte blitzschnell das Handy, Liv schrie, die Kinder wurden wach … kein Kontakt! Robert trug seine Frau ins Auto, sie lag auf den Hintersitzen, die Kinder quetschten sich in den Kofferraum des alten Kombis. Nach zwei Stunden Fahrt, kamen sie am Krankenhaus an. Liv wurde sofort verarztet. „Es sieht nach einer Blutvergiftung aus!", so die Diagnose von Dr. Kentrell. Liv war ohne Besinnung.

In guter Hoffnung fuhren Robert und die Kinder nach fünf Stunden wieder zurück. „Legt euch schlafen", sagte der übermüdete Robert zu den Kindern, „morgen, in der Frühe, fahren wir wieder zur Mum." Im Schlafzimmer bemerkte Robert Blutflecken, dem Plüschbären fehlte ein Bein. Robert war aber zu aufgeregt und zugleich zu müde, um der Sache nachzugehen. Am nächsten Morgen wachte Robert früh auf, sah auf den Bären, dessen Augen auf dem Boden lagen.

Robert schenkte dem wenig Beachtung. „Kinder, aufstehen, wir fahren zu Mum!", rief er und bereitete Frühstücksbrote. Plötzlich schrie Donna laut auf. „Meine Augen, Dad! Hilfe, ich sehe nichts mehr!" Robert stürzte ins Bad, Donna hatte blutrot geschwollene Augen. Das kochend heiße Wasser spritzte ihr ins Gesicht, direkt in die Augen. Sofort machten sich alle auf den Weg ins Krankenhaus. Leider war Liv immer noch ohne Bewusstsein.

Donna wurde sofort behandelt. „Ich kann Ihnen nicht sagen, ob ich das Augenlicht Ihrer Tochter retten kann, Mr. Delgado", sprach der behandelnde Arzt. Der Tag verging, es gab keine positiven Ergebnisse.

Vater und Sohn kehrten zurück zum Haus. Beide wollten sich nach diesen schlimmen Ereignissen etwas ausruhen. „Es ist sehr heiß heute, Sohn, öffne bitte in der oberen Etage alle Fenster, ich bringe uns etwas zu Essen mit rauf", sagte Vater Robert. Im Elternschlafzimmer öffnete Robert auch das Fenster. Als er zum Plüschbären sah, bemerkte er, dass dieser nun den Kopf verloren hatte. „Sohn!", schrie Robert, „komm schnell zu mir!" Robert hatte eine Vermutung. „Ja, Dad, ich muss nur noch das Fenster im Flur öffnen, hier ist es sehr heiß!" „Nein, komm sofort!", befahl der Vater. Robert jr. lief los. In diesem Augenblick fiel die große Scheibe aus dem Rahmen und verfehlte den Jungen nur um Zentimeter.

Beide fielen sich auf der Treppe in die Arme. „Ich glaube zwar nicht an Spuk, aber etwas will uns der Plüschbär wohl sagen.", sagte Robert zum Sohn. Im Schlafzimmer sahen beide, dass der Bär ganz schwarz verkohlt war. Instinktiv griff Robert seinen Sohn und verließ das Haus. Minuten später stand es in hellen Flammen. Die Feuerwehr konnte nichts mehr retten. Geschockt fuhren Vater und Sohn zu Makler Smith „Warte bitte im Auto.", sagte Robert zu seinem Sohn. Als Robert Delgado das Haus des Maklers betrat, sah er ihn leblos am Treppengeländer an einem Stromkabel hängen. John Smith war seit zwei Tagen tot. Auf einem Abschiedsbrief stand „Für Familie Delgado".

Mit zittrigen Händen las Robert: „Ich bitte um Verzeihung, auf dem Haus liegt ein Fluch. Ich dachte, mit Ihrem Einzug wäre alles vorbei, aber dem ist nicht so. Mein Vater quälte in diesem Haus mehrere Menschen. Er baute einen elektrischen Stuhl und ergötze sich an dem Geruch von verbranntem Menschenfleisch. Als er bereits auf dem Sterbebett lag, musste ich als Zwölfjähriger den Starkstromschalter einschalten. Er zwang mich dazu. Danach wurde alles stillgelegt im Haus, die Stromkabel gekappt. Aber das Haus hat wohl nichts vergessen, nach dem Neuanschluss vor ein paar Tagen. Ich bitte um Entschuldigung. Ihr William Palmer."

Roswell war gestern

Der Gehirnforscher Dr. Berthold Brüggner arbeitete nun bereits seit über fünfunddreißig Jahren an der Verwirklichung seiner These, dass alles, wirklich alles, in unseren Gehirnen gespeichert ist. Was meinte er mit „alles"? Alles was vor und nach dem Urknall, dem Big Bang, passiert ist, woher wir kommen und wohin wir gehen, wer wir waren, wer wir sind und wer wir sein werden. Er entwickelte Maschinen, an die er seine Probanden anschloss. Er gab Vorlesungen. Er wurde extrem von seiner Regierung gefördert, denn diese Weltformel bedeutete Macht und Einfluss. Doch Dr. Brüggner wollte insgeheim auch allen Menschen diese Tür zu ihrem höheren ich zugänglich machen. Aber zunächst einmal war er froh, dass er so grenzenlos unterstützt wurde. Und so entstanden langsam ein offizieller und ein ganz geheimer Dr. Brüggner. Die Probanden hatten mit den Untersuchungen keine Probleme, denn ihnen wurde sozusagen nur ein Traum eingegeben, in dem sie in ihrem Leben immer weiter zeitlich zurückgingen, bis zur Geburt. Das reichte Dr. Brüggner natürlich bei weitem nicht, denn da waren ja noch die über 13 Milliarden Jahre bis zum Urknall. Und was war davor? Probanden fanden sich genug, jeder wollte dabei sein, wenn die Weltformel gefunden werden würde.

Was wusste man bis dahin? Nun, dass Menschen etwa knapp 90 Milliarden Nervenzellen, also Neuronen, haben. Diese sind mit etwa 100 Billionen Synapsen miteinander verbunden. Grob gesagt kommuniziert also 1 Neuron mit 1000 seiner Kollegen. Dr. Brüggner wollte nun die Informationen, die in diesen Nervenzellen vorhanden sind, herauskitzeln. Natürlich wollte keiner der Probanden ein Loch in seinem Kopf akzeptieren. Somit veröffentlichte Dr. Brüggner der Öffentlichkeit und den Geldgebern etwas mehr an Informationen. Niemand bemerkte, dass unter seinem Toupet Anschlüsse zu seinem Gehirn waren. Die bohrte er sich selbst. So konnte er die Neuronen in ihrer rosa Farbe erkennen und auf alle Funktionen und Verbindungen zugreifen. Er wusste also bei weitem mehr, als er zugab. Bei seinen weiteren Experimenten stellte er fest, dass die Neuronen immer wieder bestimmte Signale ausgesendet haben, die zwar von den Synapsen weitergeleitet wurden, aber andere Neuronen blockierten einfach diese Informationen.

Dr. Brüggner taufte diese Schwingungssignale die „Brüggner-Signale". Er ahnte, dass sie entweder zum Schutz des Gehirns dienten oder einfach nur abgestumpft waren. Schließlich nutzen wir nie die große Kapazität unserer Gehirne. Ein Computer arbeitete viel effizienter.

Immer wieder schloss sich Dr. Brüggner an seinen Supercomputer an. Er saß dabei in seinem Behandlungsstuhl und konnte mit den Joysticks in seinem Gehirn arbeiten. Verschiedene Substanzen träufelte er sich ein, sie sollten Nervenzellen täuschen, um so die Brüggner-Signale durchzulassen. Die Farbe der Neuronen veränderte sich dabei in ein kräftiges Rot. Auf dem Computerbildschirm konnte Dr. Brüggner sein eigenes Leben bis zur Geburt sehen und aufzeichnen. Je mehr er diese Flüssigkeit einträufelte, umso mehr sah der Doktor etwas auf dem Bildschirm, was er nicht verstand. Jetzt erarbeitete sein Freund und Computerspezialist eine neue Software. Die Regierung war schon sehr zufrieden und die Öffentlichkeit staunte, dass nun mittlerweile alle Probanden eine Dokumentation bis zu ihrer Geburt erhielten – und das auf DVD. Der Tag kam, an dem Dr. Brüggner mehr wagte. Er stimulierte die Nervenzellen mit elektrischem Strom, leitete Informationen in den Synapsen um und träufelte sich eine stärkere Dosis seiner Substanz ein. Dr. Brüggner war allein. Gespannt schaute er auf seinen Monitor. Der kleinere Monitor zeigte seine mittlerweile tiefroten Neuronen. Auf dem großen Monitor sah er sein Leben. Plötzlich wurden die von ihm entdeckten Brüggner-Signale zu anderen Neuronen durchgelassen.

Seine Herzfrequenz stieg stark, der Blutdruck erhöhte sich drastisch, das Gehirn brauchte mehr Energie, wesentlich mehr Energie. Auf dem Bildschirm sah Brüggner seine Geburt, seine Entstehung, Freude hatten seine Eltern dabei. Er sah sich selbst als Energie, er sah das Universum kleiner werden, er sah, dass es zu einem Punkt zusammenschrumpfte, es lief alles zurück bis an den Anfang von allem. Jetzt gleich sehe ich, woher wir kommen, was vor dem Urknall war! Der Blutdruck stieg und stieg. Das Herz pumpte und pumpte. Die Neuronen wurden schwarz-rot. Es war kaum auszuhalten. Jetzt, jetzt gleich, das Universum ist nur noch stecknadelgroß … Dr. Brüggners Kopf und Körper zerplatzten. Überall war Blut. Überall waren Körperteile. Es hatte eben doch seine Richtigkeit, wenn einige Bereiche in unserem Gehirn nicht freigelegt wurden, wir verkraften diese Datenflut einfach nicht. Wir sollten im Hier und Jetzt leben und unser Dasein genießen, alles andere wird morgen kommen. Die Regierung hielt die DVD unter Verschluss und schwieg. Na, das kennen wir ja schon von Roswell.